お任せ！　数学屋さん3

向井湘吾

JN211138

ポプラ文庫

カバー・本文イラスト：けーしん
カバー図（数式・グラフ）：向井湘吾
装幀：bookwall

◆目次◆

解の〇

忘れられない〝あのとき〟

「宙《そら》、ここにいたんだ」

暗く沈んだグラウンドに向かって、明日菜《あすな》は声をかけた。さっきまで天に輝いていた満月は、気まぐれな雲の向こうに隠れてしまっている。雲間からわずかに顔を出した星々は、点いたり消えたりを繰り返して心許《こころもと》ない。

暗闇の中、宙はこちらに背を向け、うずくまっていた。一瞬だけ振り向き、また地面に向き直ってしまう。

ガリガリガリ

手に持っているのは、木の棒か。地面に何かを書きつけているようだが、なにしろ、今は照明もすべて消されている。万物の輪郭《りんかく》が闇に溶け入るように曖昧《あいまい》だったので、明日菜はグラウンドの縁《ふち》まで近付いた。宙が書きかけている数式に、じっと目を凝らす。

$A_1+A_2+A_3+A_4+A_5+A_6+A_7+A_8+A_9+A_{10}+A_{11}+A_{12}+A_{13}+A_{14}+A_{15}+A_{16}+A_{17}$

$+A_{18}+A_{19}+A_{20}+A_{21}+A_{22}+A_{23}+A_{24}+A_{25}+A_{26}+A_{27}+A_{28}+A_{29}+A_{30}+A_{31}+A_{32}$

$+A_{33}+A_{34}+A_{35}+$

「何これ？」

数珠《じゅず》のように連《つら》なった数式を見て、明日菜は首を傾げる。

「いつもだったら、『$A_1+A_2+A_3+$……』とか書いて省略してるじゃん。なんで今日は、こんなに書いてるの？」

「ふむ。なぜだろう」

手を止めて、宙は少しだけ考え込む。暗がりでも分かるくらい、その横顔には疲れが見えた。

「きっと、解き終わりたくない問題なんだと思う」

他人事みたいに、宙は言った。ちょうどそのとき、風に吹かれた雲がなびき、上空で月が顔を出す。ほんの少し明かりが増えただけなのに。目が闇に慣れきっていたせいで、地表を覆った暗幕《あんまく》が、端からはがされていくように感じられた。

広いグラウンドを一望し、明日菜は驚いた。

土を削って書かれた数式が、視界一面に広がっている。グラウンドの半分ほどを、おびただしい量の数字と、記号と、アルファベットが、縦横無《じゅうおうむ》尽《じん》に駆けめぐっている。

まるで、ナスカの地上絵みたいに。

あるいは、黒魔術か何かの儀式場みたいに。

そしてその端っこで、宙は手を休めずに数式を増やし続けている。地面から目を離さずに、彼は言った。

「もう夜も遅い。君は家に帰った方がいい」

「いいよ、ここにいる。ここで見てる」

明日菜はグラウンドとコンクリートの境目あたりに腰を下ろした。制服のスカートを通じて伝わってくる冷たさが、今は愛おしい。この体から消えることのない熱を――三六度と少しの体温を――もっともっと冷やしてやりたかった。

明日菜が腰を据えると、宙はまた、数式を書く作業に没頭しだした。いつ終わるとも知れない数珠つなぎの記号が、グラウンドの手つかずの部分を少しずつ減らしていく。

そうしてしばしの間、ガリガリガリ、という地面を削る音が続き……月が再び雲に隠れたところで、ふと、宙が手を止めた。

「どうも、よくずれると思ったら」

手にした木の棒で、眼鏡をクイッと押し上げる。

「この眼鏡は、僕のじゃないんだった」

問一・試合をひっくり返しなさい

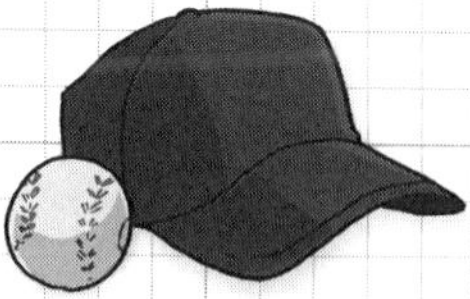

「七！」

「八！」

「あ、えぇと……、あたしは九」

三人の女の子が額を突き合わせ、口々に数字を叫んだ。一番背の高い子が手の中で、二つのサイコロをコロコロともてあそぶ。他の二人が息を詰めて見守る中、やがてサイコロは手から放たれた。

三人が囲むテーブルの上で、双子の立方体がカランカランと音を立てる。互いに一度ぶつかり合って動きが止まると、真っ白いテーブルの上には、黒い星々がつつましく並んだ。同じ夏用の制服を着た三人の女の子は、揃って身を乗りだす。

五と四。

「合わせて九。あっ、あたしがぴったり！」

一番小柄な女の子が、ひまわりみたいな笑みを浮かべた。ポニーテールと両の頰のえくぼが愛らしい。背の高い女の子も、彼女と一緒に口元をほころばせている。背の高い子は、楽しそうに言った。

「じゃあ、一番数字が遠かったのは遥《はるか》だね」

「う〜」

三人目、つやのある髪を肩にかけた女の子——天野《あまの》遥は、不満げに頬を膨らませた。

けれど、賭けに負けたのだから仕方がない。財布を手に取り、一人で椅子から立ち上がる。ついでに周囲を見渡してみると……今日から夏休みだからか、どのテーブルでも中高生たちが騒いでいる。遥たちのやり取りに注意を払う人は、どこにもいないようだった。遥はそっと、息を吐く。

ここは賭場《とば》ではなく、普通のファストフード店である。賭けに負けた者は、有り金を根こそぎ持っていかれるだけではまだ足りず、借金まみれでお先真っ暗の人生を歩まなければならない……なんてことはない。

しかし。

「バニラおねが〜い」

「あたしはストロベリー」

敗者は、容赦なくパシリにされる運命である。

「はいはい」

適当に返事をしつつ、遥はレジカウンターに向かった。スマイルだけは無料で提供してくれる女性店員さんに、有料のメニューを注文するために。

「ソフトクリームのバニラ二つ、ストロベリー一つお願いします」

小銭をカウンターに出して、注文する遥。一つ一〇〇円とはいえ、先週に引き続いての二連敗は痛い。

「七になる確率が、一番高いはずなんだけどなぁ……」

ソフトクリームができるのを待つ間、遥は納得できずにむくれていた。

サイコロを二つ投げて、目の和が七になる出方は六通りだ。

(1, 6)、(2, 5)、(3, 4)、(4, 3)、(5, 2)、(6, 1)

ちなみに、目の和が八になるのは五通りで、九になるのは四通り。六通りというのは、考えられる中で一番多いパターンなのだ。だから遥は、最も勝てる可能性の高い数字を選んだというのに。

実践となると、どうにもうまくいかない。

そもそも遥は、このファストフード店に勉強をしに来たはず。三分前までは、ソフトボール部の仲間二人と一緒に、教科書とノートを広げていた。店内の誰よりも真面目な顔をして、それぞれ勝手に問題を解いたり、分からないところを教え合ったりしていた。

にもかかわらず、道を踏み外してギャンブルの沼に足をとられている。

先週、コイントスで勝負したときと同じような流れだった。葵《あおい》が「ソフトクリームが食べたい」と言いだし、真希《まき》が「どうせなら、賭けで負けた人のおごりにしよう」と続いて、最後に遥が「そう言うと思って、今日はサイコロを持ってきたよ」と答えた。つまり、自業自得である。

慣れないことなんて、するもんじゃないなぁ。

中学二年の途中まで、数学は大の苦手だった。一年前、成り行きで「数学屋」の店長を引き継いでしまってから、死に物狂いで勉強し、少しはマシになったとはいえ……。まだまだ、つまずくことがしばしばある。情けないものだ。しかも中でも、「確率」は勉強を始めて日が浅い。飼いならすには、もっと根気がいるようだ。

こういうときは、助けを求めたくなる。

遥に数学の魅力を教えてくれた、あの少年を頼りたくなる。

けれど。わけあって、今はそれもできない。

まったく。アイツ、いったい何してるんだか。

遥はそっと、口をとがらせた。

「ありがとーございましたー」

心がこもっているんだかいないんだか分からない声とともに、店員さんは三つのソフトクリームを差し出してくれた。手が二本しかないのに三つ買うというのは、賢い選択ではないのかもしれない。だけど、自分だけ我慢するのも癪《しゃく》なので、やっぱり三つ買うのが正解だ。

遥は、コーンの部分を指と指の間に器用に挟み、そろそろと席に戻った。

「はい、真希がバニラだっけ？」

「サンキュー」

背の高い女の子――真希は、嬉しそうにソフトクリームを手に取った。ショートカットがよく似合う真希は、ソフトボール部のキャプテンで、みんなから慕われている。お礼の言葉一つにも、過不足のない爽やかさが添えられていた。

続いて遥は、もう一人の女の子にソフトクリームを差し出す。

「で、葵がストロベリーね」

「ありがと」

ポニーテールの女の子――葵は、なんだか申し訳なさそうな表情をしていた。くりくりとした目と小さな体。どことなくリスっぽい雰囲気で、思わずなでたくなる。葵は小さな両手で、ソフトクリームをそっと受け取った。

パシリを終え、遥も自分の椅子に座り直す。三人一緒に、ソフトクリームに口をつけた。冷たさと甘さが同時にやって来て、舌を、喉を伝ってじんわり広がる。さっきまで酷使《こくし》していた脳がゆっくりと冷却され、新しいエネルギーが送り込まれていくようだった。

ソフト部の仲良し三人組は、幸せで頬が緩むのもおかまいなしに、じっくりとソフトクリームを堪能《たんのう》した。

「やっぱり、クーラーのきいた店内で食べるソフトクリームは最高だね」

真希は、サクサクと音を立ててコーンをかじる。なんともおかしなことを言っているようにも聞こえるが、こうして実際に食べてみると、同意せざるを得ない。クーラーで体の外側を、ソフトクリームで内側を冷やせば、真夏の太陽とも和解できる。

窓の外では、暴力的な陽射しが真上から差し、木々を、家々を、アスファルトを焦がさんばかりの勢いである。ここに来るまでの間にも、干からびてミイラ化したミミズとカエルを一匹ずつ見た。つくづく、アイスを食せる生物に生まれてよかったと思う。

あたしのおごりじゃなかったら、もっとおいしく感じるのになぁ。

名残惜しさを感じながら、遥は残ったコーンを口に放り込んだ。すると、それとほとんど同時に、先に食べ終わっていた葵が口を開く。

「アメリカって、暑いのかな？」

あまりに唐突で、遥はとっさに返事ができなかった。コーンのかけらを呑み込み損ねて、軽く咳き込む。代わりに真希が、あきれた笑いを浮かべながら答えてくれた。

「さあ。でも、場所によるんじゃない？　砂漠だってあるみたいだし」

「砂漠かぁ。人なんて全然住めないくらい、暑いんだろうなぁ」

「そりゃあ、暑いでしょ。でも、住んでる人だっているはずだよ。例えばラスベガスなんて、砂漠のど真ん中にあるって話だもん」

「えっ。じゃあ、あたしはラスベガスには行けないや」

そんなことを言い合って、真希と葵は二人で笑った。

ラスベガス、か。

あたしが行ったら、無一文になっちゃうだろうな。

賭けにことごとく負け、山のように積んだチップを没収される自分の姿を想像して、遥は顔をしかめた。そして隣にいた真希は、その表情を別の意味で受け取ったらしい。にんまり笑って、肩を叩いてくる。

「ああ、そうだったね。遥が知りたいのはラスベガスなんかじゃなくて、ボストンだったね」

「は、はぁ⁉」

背後からの不意打ちのごとく、予想外の攻めだった。否定しようとしたけれど、うまく言葉が出てこない。店内は十分涼しいはずなのに、顔が沸騰しかかる。ここぞとばかりに、真希がたたみかけてきた。

「超遠距離恋愛だからね～。つらいよね～」

「うるさいなぁ。ほら真希、葵、勉強の続きやるよ」

「そうやってすぐ話逸《そ》らすんだから。それで？　最近どうなの？」

真希はしつこく食い下がってくる。この子は、こうなるとなかなか引き下がらない。

遥は、助けを求めるように葵を見たが、味方になってくれる気配はなく、むしろ夕飯のおこぼれを狙う仔犬みたいな顔をしている。四面楚歌。

ホント、勉強しに来たはずなんだけどなぁ。

「どうもこうもなくってさ。ここ二週間くらい、アイツ連絡してこないんだよね」

「えっ⁉　連絡してこない？」

「どういうこと？」

真希と葵が口々に言った。店内の気《け》怠《だる》い喧騒《けんそう》の中でもくっきりと浮かぶ、驚きの声だった。

「音信不通、ってこと。メールしても返事がないし、スカイプもつながんないし」

「でも、あの人のことだから、パソコン放置してるだけじゃないの？」

腕を組みつつ、真希が訊いてくる。大いにあり得そうな話だ。アイツは割と無神経なところがあるし、ケータイも持っていないものだから、そもそも連絡に気付いていない可能性もある。

「そうかもしれないけどさ……」

しかし遥は、歯切れの悪い返事しかできない。

こんなことは今まで一度もなかったから。

日本とアメリカ。アイツが転校して、太平洋を隔《へだ》ててのやり取りを始めてから、連絡が途絶えるとしてもせいぜい一週間が限度だった。半日以上の時差があっても、早朝や深夜になんとか時間を合わせて、おしゃべりしたり、数学の話をしたりしていた。

それなのに、二週間——正確に言うと、一四日と五時間三〇分にわたって、メールの一通さえも送られてこない。

本当に、いったいアイツは何をしているのだろうか。

「はぁ……」

胸にたまった諸々の感情を外に出すように、遥はため息を吐く。

何より、こんなことで不安になっている自分が嫌だった。

「あたし、重い女なのかな……」

「そんなことないと思うよ」

葵が、天使みたいに優しい声で言う。

「彼氏からの連絡ってさ、ちょっとでも途絶えると不安になるもん。普段会えないなら、特に」

それを聞いて、遥はハッとした。真希も察したようで、真剣な顔をして頷いている。

葵の彼氏は、高校一年生。通っている高校が、電車で五分の平塚《ひらつか》市にあるとはいえ、中学生と高校生では、なかなか予定も合わないらしい。同じ中学に通っていた頃と比べたら、会う頻度も減っているはずだ。

この子も、苦労してるんだろうなぁ。

似た悩みを持つ人が近くにいるというのは、なんとも心強かった。

「くそぉ。あたしの遥を悲しませるなんて。近くにいたら、ガツンと言ってやるのに」

真希は、形の良い唇をへの字にした。色々と突っ込みたかったが、話が逸れるからやめておいた。

それよりも。

もっと、重大なことがあったから。

「彼氏、なのかな……」

遥がポツリと、そうつぶやくと……真希は、目を丸くして身を乗りだした。

「彼氏でしょ。彼氏じゃなきゃなんなの」

「うぅん、それは分かんないけど。ちゃんと『付き合おう』って話したことって、一度もないし」

「え〜？　遥って、けっこう細かいことにこだわるんだね」

「いや、真希。それってけっこう大事なことだと思うよ」

納得しない真希に向かって、葵が横から口を挟む。

「恋人と友だちの境界線って、人によるから。『付き合おう』って言わなかったら、はっきりとした線引きってできないと思うの」

葵の言葉に、遥は「うんうん」と同意した。

「そうなの？　そうなのかなぁ、いや、そっかぁ」

真希は頭の後ろで手を組んで、椅子に寄りかかった。背もたれがギシリと小さく鳴く。

きっと真希は、おおらかすぎるあまり、恋というものを曖昧なままでも受け入れてしまえるのだろう。明確で窮屈《きゅうくつ》な線引きを、彼女は特に必要としていないのだ。

一方、遥は真希ほど度胸が据わっていない。曖昧なものは嫌だし、手に触れられるようなたしかな何かが欲しい。だからこそ、「恋」なんていう曖昧なものは、遥が一人で相手にするには荷が重い。

思えば、去年の夏だって。

「数学屋」の店員として、遥は恋の問題に大苦戦した。曖昧でよく分からないものを相手に、アイツと一緒に闘った。

懐かしい。あれから、もう一年も経つのだ。

「あ〜、なんかもう、勉強する気分じゃなくなっちゃったね」

真希が、椅子に座ったまま大きく伸びをした。スマホをチラリと見る。

「ちょっと早いけど、部活行こっか」

言われて、遥もスマホの画面を確認した。時刻は一四時。部活のスタートは一五時。たしかに、そろそろ学校に向かってもいい頃合いだ。

「そうだね」

そう答えると、葵はそそくさと教科書、ノートを片付ける。真希は、隅に寄せていた紙コップやトレーを摑んで立ち上がる。

恋バナという華やかな物語から、三人は現実に舞い戻る。

「やっほー、木下《きのした》センセ」

部室のカギをもらうために、職員室に寄ったときだった。椅子の背もたれに体を預けた長身の男性に、真希が手を振る。端整な顔をうちわでパタパタ扇ぎつつ、真剣な目つきで書類か何かを読んでいた英語教師——木下先生が、こちらに気付いた。

「ああ、お前らか。……なんだ。今日は少し早いんだな」

「はい、やる気マンマンなんで」

真希は、部室のカギを指に引っかけてクルクル回した。木下先生は感心したように「ほぉ」と言うと、いたずらっぽく目を光らせた。

「そうか。なら、今日の練習はビシバシいくからな」

「先生、しごくなら真希だけにしてくださいね」

割って入る形で、遥は念を押しておいた。まあ、試合も近いことだから、木下先生だってそんなにエグいメニューにするつもりはないだろう。この二〇代——アラサーともいう——の英語教師は、遥たちが入学した当初からソフト部の顧問で、去年は遥と真希の担任でもあった。最近では、互いに友だち感覚で冗談を言い合っている。葵もそれが分かっているからか、ただニコニコ笑っているだけである。

「ああ、そうだ。天野、ちょっといいか」

三人で職員室を出ようとしたところで、遥は木下先生に呼び止められた。何か叱られることでもしただろうかと、一瞬で記憶を隅々まで洗ってみるも、心当たりはない。そもそも、木下先生はどう見ても上機嫌で、とても説教を垂れようとしているようには見えなかった。

「先に行ってて」

真希と葵にそう言うと、遥は一人、職員室に残った。二人の話し声が聞こえなくなってから、遥は木下先生に向き直る。

「それで、何かご用ですか?」

「いや、お前の成績のこと、ちょっと小耳に挟んだんだけどな」

ああ、あのことか。

言われて、すぐに合点がいった。自分でもひっくり返りそうになったくらいなのだ。元担任の木下先生だって、さぞ仰天したことだろう。

先生は、少しだけもったいぶるように間をおいてから、切り出した。

「数学の成績、大したもんだな。昔のお前を考えると、何かの間違いじゃないかって言いたいくらいだ」

「え〜、ひどい」

遥は片頬を膨らます。木下先生が、声を立てて笑った。

「すねるなよ。褒《ほ》めてるんだから」

先生の声は、実際、弾んでいた。まるで自分のことみたいに喜んでくれている。

遥は照れ隠しのために、不満げな顔をし続けた。

終業式が行われた昨日、教室では一学期の通知表が渡された。おそるおそる、爆発物でも処理する気分で開いてみて……遥は危うく、ガッツポーズをするところだった。

「数学」の隣に「4」という数字。

左右に傾けても、ひっくり返しても、光に透《す》かしてみても、そこには「4」と書かれている。遥は中三にして、初めて数学で「4」をとったのである。

「4」くらいで大袈裟《おおげさ》だ、と思われてしまうかもしれない。でも、一年生のときは、一学期、二学期、三学期と連続で「2」だったのだ。数学の面白さに気付いた二年のときも、ようやく「3」。

そんな自分が「4」をとれるなんて、一年のときには夢にも思わなかった。いや、正確には、夢ではとったことがあったけど。

お母さんに見せたところ、その場でバンザイを始めてしまった。その日の夕飯は、ここ数年で一番豪華だった。

「大したもんだよ」

「でも、あたしの力じゃないんです」

しきりに褒めちぎってくる先生に対して、遥はそう答えた。謙遜《けんそん》ではなく、本気で思っていることだ。もらった「4」のうち、自分の力の分はやっぱり「2」くらいだろう。残りの「2」は、仲間たちの支えのおかげだ。

「そうかもしれないけどな。誰かの影響があったとしても、変わったのは紛れもなくお前自身だよ」

遥の言いたいことを理解したのか、木下先生は穏やかに笑った。

「中学生ってのは、ちょっとしたきっかけで、思いもかけないくらいに大きく変わるものだな。お前の成長を語って聞かせたって、頭の堅い大人たちには信じてもらえないだろう」

「大袈裟だよ、先生」

「大袈裟なもんか。簡単にできることじゃない。中一で『2』なんてとったら、『自分は数学が苦手なんだ』って諦めるのが普通だ」

褒められすぎて、背中がむずむずしてきた。遥が視線を泳がすと、木下先生の言葉は、頭の中で一度だけ反響した。

頭の堅い大人たちには信じてもらえないだろう。

そうかもしれないと、遥は思う。

たしかに人は、自分が見たことのないもの、経験したことのないものは信じない。

遥だって、そうだった。

——将来の夢は、数学で世界を救うことです。

転校初日にそう宣言したアイツを、最初は、ただの変人だと思っていた。

数学の奥深さを目《ま》の当たりにして、遥は初めて、アイツの言葉を信じることができたのだ。

「まったく。お前らといると、俺も退屈しないよ」

先生は、うちわを優雅にヒラヒラと動かした。

「天野が授業をすっぽかして、成田《なりた》まで行ってしまったこともあったな。『帰りの運賃がなくなった』って電話もらって、空港まで迎えに……」

「先生、それはもう言わないでよ！」

顔をほてらせ、遥は大声で遮《さえぎ》った。一年前——転校していくアイツを追いかけたときのことだ。あんなに劇的な涙の別れをしたというのに、数か月後には、スカイプやらメールやらで連絡を取り合う仲になっている。恥ずかしいから、あの日のことは記憶から抹消したいのに、今でもたびたび話題にしてくるから始末が悪い。

ちょっと気を許すとすぐこれだ。

遥は、今度は本気で不満顔をしてみせた。

「木下先生、ちょっといいですか？」

「はい？」

不意に、二人の会話に割り込むように、職員室の入り口から声がかかる。見ると年配の女性教諭が、こちらに向かって手招きしていた。その脇には、遥と同い年くらいの私服の女の子が一人。

制服でないところを見ると、東大磯《ひがしおおいそ》中学の生徒ではないだろう。最初は、木下先生のお客さんかと思ったが、どうも様子がおかしい。心当たりがないらしく、先生は怪訝そうに眉をひそめている。少しだけ、胸がざわつく。

「天野。悪いんだが……」

「うん、分かった。また後で部活のときに」

小さくお辞儀すると、遥は足早に出入り口に向かった。何の気なしに、私服の女の子の横を通り過ぎようとする。

そのときだった。

「天野……？」

女の子の囁《ささや》き声が、ふわりと遥の耳に届く。ドキッと、心臓が跳ねる。目を向けると、その私服の女の子は、たしかに遥に笑いかけていた。

その子は、ショートボブの髪を明るめの茶色に染めていた。裾《すそ》をしばったシャツに、細身のデニム。首から下げたネックレスが、キラリと光る。

そして何より、妙な笑顔が印象的だった。笑っているのだけど、感情が読み取れない。嬉しいのか、楽しいのか、それとも嘲《あざけ》っているのか。何も伝わってこない、へらへらとした笑み。

「あなたが天野遥さん？」

遥が口を開く前に、彼女の方から尋ねてくる。遥は面食らって、脳内で素早く検索をかけた。

……が、他校にこんな派手な知り合いがいた覚えはない。

「はい、たしかに天野ですけど……」

「ふ～ん」

その女の子は、遥の顔をしげしげと眺めてくる。遥の後ろでは、木下先生が状況を呑み込めずに戸惑っていた。いや、状況を呑み込めないという点では、遥もなんら変わりはない。

何、この人……。

「あなた、『数学屋』の店長なんでしょ？」

「えっ⁉」

驚いて、遥は口元を押さえた。見知らぬ他校の女の子が、数学屋のことを知っている？

遥が店長――正確には店長〝代理〟を務める数学屋。数学の力で生徒たちの悩みを解決する、東大磯中にしか存在しない店だ。

たしかに数学屋は、文化祭のステージを乗っ取ってひと騒動起こしたりもしたけど……。それで遥の顔と名前までが、野を越え山を越え知れ渡った、とは考えにくい。

「どうしてそれを？　もしかして、どこかで会ったことが？」

「さあね～」

茶髪の女の子は、ふわふわと漂うような口調で言った。いったい何を考えているのか、まるで分からない。

「そんなことより、あなた、ソフトボール部なんでしょ？　試合も近いんだっけ？」

話の展開が早すぎて、遥は頭を抱えたくなった。この茶髪の女の子は、遥の部活まで知っている。尋ね返したいことが山ほど湧いてきて、湧いたそばから土砂崩れを起こして形をなくしていく。頭の中は、もはやごちゃごちゃだった。

「そうだけど。あなたはいったい……」

「いいでしょ、あたしのことなんか。それより試合、頑張ってね」

彼女は、遥の疑問には一切答える気がないようだった。ニコリと、また薄い笑みを浮かべる。

「それじゃあね、天野さん。あたし、もう帰るから」

「お、おい、俺に用があったんじゃないのか？」

黙って会話を聞いていた木下先生が、慌てた感じで割って入ってくる。茶髪の女の子は、その長身のイケメン教員の存在に、今初めて気が付いたような顔をした。

「ああ、用はもう済んだので大丈夫です。お邪魔しました、木下先生」

そう言い残すと、彼女は手をひらひら振って、来客用の下駄箱の方へと去って行ってしまった。廊下の角を曲がるとき、職員室から首だけ出していた遥と、もう一度だけ目が合う。意味ありげな笑みだけが、夏の陽の差し込む廊下に残された。

木下先生が、眉をひそめる。

「結局、あの子はなんだったんだ？」

「さあ……。木下先生に会いたいって言うから連れてきたんですが」

彼女をここまで案内してきた女性教諭も、ただ首を振るばかり。どうやら、この人にも事情は分からないらしい。

「他校のソフト部、とかか？　でも、天野も知らないんだろ？」

「う〜ん、会ったことないと思います……。多分」

遥はただ、首を傾げた。記憶にはっきりと自信があるわけでもない。試合で当たった学校の選手をすべて覚えられるくらいなら、歴史の暗記問題など楽勝だろう。

いずれにせよ、名乗りもせずに帰ってしまったのだ。目的も正体も、何一つ確かめる術はない。

胸にもやもやと霧がかかったような、なんともスッキリしない気分を抱きつつ、遥はふと時計に目をやる。短針は、刻一刻と「3」に近付いていた。

「あ、もうこんな時間！　部室に行かなきゃ！」

そう声を上げると、遥は挨拶もせずに職員室を飛び出した。クーラーのきいていない廊下の熱気が、急に肌を包む。それでも、試合前の練習にレギュラーが遅刻するわけにはいかないから、遥は部室への道を思い切り駆けた。

あの子の言葉は、どれも奇妙に一方的で、分からないことだらけだったけど。

今の遥には、とにかく部活が一番大事。不思議な少女のことは、走っているうちに忘れてしまった。


入部以来、遥がレギュラーとして地区大会に出場するのは、これで五度目だ。二年のときに三回、三年になってから二回目。

ただし今回の地区大会は、以前のそれとは意味合いがまったく違う。負ければ、その時点で三年生は引退決定。中学のソフトボール生活を、県大会の日まで延ばせるか否か。

そんな瀬戸際で戦わねばならない大会なのだ。

練習に臨《のぞ》む部員たちの目も、真剣そのものだ。三年だけではなく、後輩たちも。このメンバーで一日でも、一時間でも長くソフトボールをやるために、余念《よねん》なく準備する。

東大磯中学校ソフトボール部が、最後に県大会に出場したのは、遥たちが一年生のときの夏。遥はまだ初心者で、先輩たちの活躍を見守ることしかできなかった。

そして、遥や真希、葵たちがチームの中心になってからは、地区大会の壁を一度も越えられていない。

「リベンジするよ、リベンジ」

地区大会の組み合わせが発表されてからというもの、キャプテンの真希はことあるごとにそう口にしている。「どこに」とは言わなくとも、部員たちの誰もが分かっていた。八重咲《やえざき》中学。去年の秋の新人戦で、一対八という大差で敗れた相手だ。

東大磯中は神奈川《かながわ》県の「中地区」に位置し、その中でトーナメントを勝ち上がった二校だけが、県大会に出場できる。トーナメント表を見ると、遥たち東大磯中は一回戦を勝つと、次の準々決勝で八重咲中と激突することになる。

八重咲中は攻守でバランスがとれており、去年の秋も、今年の春も県大会に出場している。遥たちが県大会に行くには、八重咲中を倒した後、さらにもう一回勝たなくてはいけないわけだけど……「八重咲が山場」というのが全員の見解だ。八重咲中に勝ったなら、県大会出場はほぼ確実だろう。

リベンジ。

その四文字が、部員全員の胸の中に共有され、かがり火のように確かな光を放っている。中でも真希は、大会に懸ける想いの強さが、全身から溢れ出していた。

誰よりも声を張って仲間を鼓舞《こぶ》し、誰よりも長くグラウンドに残って自分を追い込む。早めに来て木下先生と打ち合わせをしたり、練習後は遅くまで動画を見て、相手校の動きをチェックしたりしていることも、しばしばあった。

「真希、いつ家に帰ってるの？」

あるとき遥は、冗談半分で訊いてみた。実際に、真希は部室やグラウンドにいる時間が一番長いし、遥たちと一緒に勉強する以外に、図書室で机にかじりついているのを見たのも、一度や二度ではない。

「寝るときくらいかな」

真希も冗談めかして、笑って答える。本当は、忙しい上にプレッシャーにのしかかられて、息つく暇もないはずなのに……。彼女は決して弱音を吐かない。

そんな彼女を見るたびに、この親友と一緒に勝ちたいと、遥は心から思うのだ。


怪我をしたり、目立って調子を落としたりしている人はいない。連係プレーも、今までにないくらいうまくいく。

最後の数日の調整を経て、チームは、ほぼ万全といえる状態に仕上がった。

そして、ついに翌週の月曜日。

遥たちは、中地区大会第一日を迎えた。

電車とバスを乗り継いで、遥たちは、会場の一つである平塚市の中学校に到着した。

午前中にもかかわらず、すでに熱気《ねっき》が地面から立ち上り、青空の端からは入道雲が見下ろしてくる。試合の前なのに、五〇〇ミリリットルのペットボトルが一本、空になっていた。チームごとにまとまって待機する選手たちの目には、ことごとく闘志が燃えている。みなぎる気迫が隣のチームとぶつかり合って、グラウンド付近の気温をさらに上げているようだった。

今日ここでは、午前中に一回戦、午後に二回戦が行われ、二勝を挙げたチームだけが、明日行われる準決勝に進むことができる。

「今日勝つために、あたしたちは練習してきたんだから」

開会式を終え、試合開始直前のミーティングで。円陣の中心を向いて、真希は言った。

「全部、ぶつけるよ」

彼女は力強く右手を差し出す。それ以上の言葉も、合図もいらなかった。スタメンに加えて、補欠のみならず顧問の木下先生までも、円陣の中心に右手のひらを集める。真希が大きく息を吸ったのが、肩の動きで分かった。

「絶対勝つぞ！」

おぅ！

真希の掛け声に、全員が同時に応える。それはもはや、バラバラの個人の声というより、一つの巨大な生命体の叫びだった。

遥たちは、ホームベースに向かって勢いよく駆け出す。三年生の運命を決める一日が、スタートした。

一回戦は、この上なく順調な試合展開だった。

エースの真希が好投したことに加え、葵をはじめとする内野陣の好守が光り、相手チームに三塁を踏ませない。そしてゼロ対ゼロで迎えた三回に、八番打者の遥がうまくヒットを放ち、次のバッターの長打で生還した。

その後も追加点を重ね、終わってみれば五対〇。完勝だった。

「あの日と一緒だね」

二回戦に備え、校舎脇の日陰で思い思いに休憩しているときに、遥は言った。流れる汗をタオルで拭いてから、真希が怪訝そうな目を向けてくる。

「ほら、新人戦」

「ああ」真希は、アルバムでも眺めるように目を細めた。「たしかにあの日も、午前中に快勝して、午後に八重咲とやったんだっけ」

「二人とも、不吉なこと言わないでよ」

そばに座っていた葵が、困ったような顔をする。真希が、おかしそうに笑った。

「不吉？　そんなことないでしょ」

過去の亡霊など、まったく意に介さない。それほどまでの強さが、今の真希にはある。

「今度は勝つ。ただ、それだけなんだから」

真希の言葉に、遥と葵は同時に頷く。

今度は勝つ。

胸の中で二度繰り返し、遥はお気に入りのグローブを胸に抱く。古いけれど、手になじんでいる。新しいグローブを買った後も、結局、使い続けているグローブだ。

アイツとの最初の思い出が詰まった大切な品に、遥は祈りを込めた。


昼の休憩を挟んでから、八重咲中学との準々決勝は始まった。

真希は、午後に入っても好調だった。一回は、両チーム無得点。二回も無得点。スコアボードに「0」が並んでいく。

これがもし数学だったら……。

三回の裏を「0」に抑えると、守備を終えてベンチに引き返しながら、遥は考える。

ゼロばっかりの問題っていうのは、けっこう身構えてしまう。整数の中でも、ゼロは少し特殊な立ち位置だから。ゼロをかけると、どんな数字もゼロになるけど、反対に、どんな数字もゼロで割ることはできない。他にも、「$n^0=1$」で、「$0!=1$」……。

ああ、いけない。

遥はパチンと、自分の両頬を手で叩いた。

試合が動かないからって、集中を切ってはダメだ。

去年の秋。遥たちは八重咲中に一対八で負けたが、失点のほとんどは守備の乱れが原因だった。バックが集中力を切らさず、好投の真希を援護しなくては。

今日は、あたしたちが勝つんだ。

他のチームメイトも、きっと同じ気持ちだったのだろう。捕球も送球も、いつになくキレがあり、スイングも鋭い。全身を包む熱気を、振り払わんばかりの気迫だった。

しかし、想いに反して、ランナーをためられない。真希が八重咲中の打線を抑え込んでいる一方で、東大磯中の面々は、敵のピッチャーを打ち崩せずにいた。

「ストレートが走ってる。春に見たとき以上に速い」

三振に倒れた後、すれ違いながら、真希は悔しそうに唇を噛んだ。代わって遥が、バッターボックスに向かう。

真希の言う通りだ。東大磯中の打線は、高めのストレートをいいように打たされて、凡打の山を築いてしまっていた。五回までにシングルヒットが四本出たが、連打はない。

勝ちたいという想いが前に出すぎて、みんな焦ってる……。

頭では分かっているのに。自分に焦るなと言い聞かせるほど、気持ちが前のめりになる。

高めのボール球に手が出てしまう。

五回表の攻撃は、遥も結局、サードフライに倒れた。続く六回表も、ヒットが一本出ただけで無得点。

そして、六回の裏。

八重咲中の攻撃で、ついに試合が動いた。

前の回までと同様、真希は簡単にワンアウトをとった。相手は上位打線だったけれど、それすら問題に思えないほど、真希の投球には安心感があった。

ところが、一球だけ。

敵の四番に投じたその一球だけが、ど真ん中へと吸い込まれた。

キィン！

甲高い音を残して、白球は高く舞う。軌跡は青空を二つに割って、真っ直ぐに外野へと伸びてくる。

そして。

矢のような勢いで降ってきたボールは、レフトである遥の頭上を高く越え、地面で一度、大きく跳ねた。

足に力を込め、遥は逃げるボールを全力で追った。なかなか距離が詰まらず、もどかしい。ようやく追いつき、拾い上げると、祈るような思いで振り返った。

打った選手は、すでに三塁を蹴っていた。

内野に向かって、ボールを思い切り投げ返す。それがショートの葵の手に届いたときには、敵の四番はダイヤモンドを一周し終え、チームメイトたちの祝福を受けていた。

遥はその場で、茫然《ぼうぜん》と立ち尽くす。

ランニングホームラン。

それが何を意味するのか、遥は一瞬、思い出せなかった。

「ドンマイ！」

味方の誰かが、大声で叫んでいる。

そうか。先制されたんだ。

少なくともあと二点取らなきゃ、あたしたちに勝ちはないんだ。

脳が、それをようやく理解した。これまで均衡が保たれていただけに、急に劣勢に立たされたショックは大きかった。

そして、どうやら真希も同じだったらしい。ピッチングが、急に乱れた。

午前中からつながっていた糸のようなものが、プツンと切れてしまったのかもしれない。ホームランの後に三連打。さらに追加点を奪われてしまったのだ。

これで二点。一イニングのうちに、〇対二にされてしまった。

「ドンマイ、ドンマイ」

ベンチに引き揚げるとき、みんなが声をかけ合っている。一方で、そんな言葉はおまじない程度の力すら発揮しないことを、遥たちは知っている。

二点。

こちらが二点取って追いつかなければ、県大会への道は閉ざされてしまう。

そして、残されているのは七回表のみ。

「さ、切り替えよう」

七回表の攻撃に入る前、真希はチームのみんなにそう声をかけた。自分の失投が連打の引き金になってしまったわけだから、もっと落ち込んでいるかと思ったけど……これなら、心配はなさそうだ。それが、唯一の救いに思えた。

けれど、チーム全員が真希のように強いわけではなかった。

「大丈夫だよ。スリーラン打てば、一発で逆転だよ」

部員たちを勇気付けるように、真希はニカッと笑った。別の誰かが、冗談めかして答える。

「そもそも、二人出塁できないってのに」

それは本当に、何気ないひと言だったのだろう。だがその言葉は、真夏の陽射しと合わさって、ベンチ前に集まる部員たちの間に息苦しい空気を運んできた。

六回まででヒットは五本出ているが、どうしても次につながらず、ランナーが二人以上たまらない。二塁を踏むことすらできない。そんな状況で、点差は二点。残りは一回。容赦《ようしゃ》ない現実が、遥の前に壁のように立ち現れる。数字というものは残酷だ。人の希望を簡単に、音もなく摘み取ってしまう。

逆転は、難しい。

誰も、口には出さなかった。しかし、口に出さないからこそ、そのごまかしがたい事実が浮き彫りになっていく。空気が、鉛みたいに重かった。

「あれ?」

そのとき葵が、不思議そうに声を漏らした。見ると、八重咲中が守備につくはずなのに、一塁ベースが空っぽのまま。

ファーストが、いつまで経っても出てこないのだ。遥たちは困惑して、互いの顔を見合わせる。

審判の説明を受けたらしい木下先生が、ベンチに帰ってきた。

「ファーストが足を痛めたみたいでな。治療のために、一時中断するらしい」

渋い顔をして、木下先生が説明する。足を痛めた選手を心配しているのか、それとも二点差というこの状況に気を落としているのか、遥には分からない。

それにしても、試合を中断するほどの怪我など、いつ負ったのだろう。

疑問が浮かんだけれど、すぐに思い当たった。さっきのランニングホームランを打ったのは、ファーストの選手だった。きっと、ダイヤモンドを駆けているときに痛めたのだろう。

「どうせなら、ピッチャーが足を痛めてくれればよかったのに」

誰かがまた、独り言のようにポツリとこぼす。空気がさらに、二倍くらいの重さになった気がした。試合再開を待っているだけなのに、死刑寸前の囚人みたいな気分である。

すべての物事が、マイナスのイメージを呼び起こす。ネガティブ思考はいけない。逆転への糸口を見つけなくてはならない。分かってはいるのに、ポジティブになれない。

誰もが、底なしの沼に両足をとられている。

――スリーラン打てば、一発で逆転だよ。

――そもそも、二人出塁できないってのに。

二つの言葉が、頭の中でぐるぐる回る。前向きな言葉と後ろ向きな言葉。それらはコインの表と裏みたいなもので、片方だけを振り払おうとしてもうまくいかない。

だったらいっそのこと、本当に出塁できないのか、確率を計算したらどうだろう。その方が、曖昧なままウジウジ悩むよりもずっといい。

六回まで、東大磯中は打者二一人でヒット五本だった。だから、ヒットを打てる確率は……。

そこまで考えて、遥は小さく首を振る。

ダメ。計算したところで、解決にはつながらない。

知りたいのはヒットを打てる確率じゃない。その確率を上げる方法なんだから……。

「遥、今、何か思いついたでしょ」

急に声をかけられて、心臓が跳ね上がるかと思った。顔を上げると、真希がじっとこちらを見ている。心の内を見透かされたような気がして、遥はしどろもどろになった。

「えっ、えっと……あたしは……」

「顔に書いてあるよ」

否定しようとする遥に、真希は言葉をかぶせる。

「教えてよ。治療には、まだもう少しかかるみたいだから」

真希は記録用のペンとノートを差し出してくる。ためらいながら、遥はそれを受け取った。

いくらなんでも試合中に、数学の問題なんて解いていていいのだろうか。今は、もっと他にやるべきことがあるのではないだろうか。第一、あたしの力で答えにたどり着けるかだって分からないのに……。

……いや。

今のあたしには、答えが出せる。

だってそもそも、高校範囲の確率をひと足早く勉強したのは、打率とか防御率とか、そういったものに興味があったからなのだ。

何度も何度も、考えてきたことだ。

繰り返し繰り返し、解いてきた問題だ。

他の分野だったらいざ知らず。

確率で、しかもソフトボールに関することなら、解ける。

遥がノートを広げると、他の部員も集まってきた。みんな分かっているのだろう。試合が中断している間に、この重苦しい空気を変えねばならない、と。誰もその方法を知らないから。わらにもすがる思いで、遥に注目している。

数学屋の店長代理・天野遥に、託したのだ。

三年生たちの、希望を。

「そもそも、ランナーを二人ためられないって話だったよね？　本当にそうか、考えてみたんだけど」

ひと言ひと言を噛み締めるように、遥は言った。風が砂を巻き上げて、頬にかかった。額から落ちた汗が、ノートを濡らした。でも、そんなことはどうだっていい。

悪いけど、空気が変わるかなんて分からない。むしろ、答えによっては悪化するかもしれない。

遥は他に方法を知らない。

違う。この方法だけは知っているのだ。

「『ランナーを二人ためられる確率』だと、ゲッツーとかもあってややこしいから、『同じ回にヒットが二本以上出る確率』を求めるね。エラーとかフォアボールとかも無視」

それだけ言うと、遥は黙って手を動かし始めた。いつもみたいに、過程を口で説明する必要はない。今求められているのは、答えのみ。遥は頭の中で組み立てた道筋を、「数値」を、ノートに素早く記していく。

打者21人でヒット5本だから、ヒットの確率は……$\frac{5}{21}$
アウトになる確率は……$\frac{16}{21}$

そして、何かが連続して起こる確率を求めるには、それぞれの確率を掛け算すればいい。例えば、サイコロを振って「6」が二回連続で出る確率は、「$\frac{1}{6}\cdot\frac{1}{6}=\frac{1}{36}$」。それと同じように考えると、「ヒット→アウト→アウト→アウト」の確率は、こうである。

$$\frac{5}{21}\cdot\frac{16}{21}\cdot\frac{16}{21}\cdot\frac{16}{21}$$
$$=\left(\frac{5}{21}\right)\left(\frac{16}{21}\right)^3$$

字が歪《ゆが》んでしまったが、気にしている余裕はない。まさに時間との戦いだった。敵のファーストの治療が終わるまでに、答えを出さねばならない。

これまで、定期テストで時間を計って問題を解くことに、遥は意味を見いだせなかった。でも、今なら分かる。数学が必要とされる場面において、いつでも時間に余裕があるとは限らない。人間に与えられた時間というのは、有限なのだから。

一瞬だけ手を止めて、遥は頭をフル回転させる。

「ヒット↓アウト↓アウト↓アウト」となる確率は分かった。だが、「同じ回にヒットがちょうど一本出る」というパターンは、他にもある。

○をヒット、●をアウトと考えると、こう。

○●●●

●○●●

●●○●

全部で三パターン。順番が変わっただけで、確率を掛け算すると「$\left(\frac{5}{21}\right)\left(\frac{16}{21}\right)^3$」になるのは変わらないから、全三パターンを合わせると「$3\cdot\left(\frac{5}{21}\right)\left(\frac{16}{21}\right)^3$」。

同様に、ヒットがゼロ本、つまり「●●●●」となる場合も考えて、それらすべてを足し合わせる……！

$$3\cdot\left(\frac{5}{21}\right)\left(\frac{16}{21}\right)^3+\left(\frac{16}{21}\right)^3$$

$$= \frac{3 \cdot 5 \cdot 16^3}{21^4} + \frac{16^3}{21^3}$$

$$= \frac{16384}{21609}$$

ややこしい計算部分は、鞄から取り出したスマホの電卓機能に任せた。

「これが、『同じ回にヒットが一本までしか出ない確率』」

自分自身に、確認するように。遥はつぶやいた。チームメイトたちは、口を挟まずに見守ってくれている。

一イニング中に、「ヒットがちょうど一本出る場合」と「一本も出ない場合」の確率をすべて足した。だから、「同じ回にヒットが一本までしか出ない確率」。

ここからが、本番だ。

「あたしたちに残されているのは七回表だけ」

情報を、「数値」を、口に出すことで整理していく。誰かが、ゴクリと唾《つば》を飲む。

「二本以上のヒットを出せる確率を求めるには……『ヒットが一本までしか出ない確率』を、一から引けばいいの」

「ランナーを二人ためられる確率」を求めるのは難しい。相手のエラーがあったり、ダブルプレーでためたランナーを失ったり……ということまで考えはじめたら、とても遥の手には負えない。だから、ここで考えるのは、「ヒットが二本以上出る確率」。

すなわち、「ヒットが一本までしか出ない確率」を「p」とすると、「1－p」である。

「だから、その答えは……」

「答えは？」

これまで息を詰めて黙っていた真希が、先を促してきた。手に取ったペンが再び動き、脳の代わりにスマホが、休まず計算をこなしていく。

アイツに教わったことと、自分で勉強したこと。そのすべてを動員して。遥は、答えに向かう数式を紡ぎあげる。

$$1-p$$
$$=1-\frac{16384}{21609}$$
$$=\frac{5225}{21609}\ (\fallingdotseq 24\%)$$

「約二四パーセント……」

遥はフーッと息を吐いた。

これが、「七回表に、ヒットが二本以上出る確率」。「ランナーを二人ためられる確率」と、等しいとまではいかなくても……おおむね、遥たちの知りたい数値である。できっこないと言われていた、逆転のチャンスを作れる確率。それが今、目の前に具体的な数字となって現れた。「約二四パーセント」。

それははたして大きいのか、それとも小さいのか。

遥が何か言うより先に、真希が口を開いた。すがすがしいほどに、あっけらかんとした口調だった。

「二四パーセント、か……。低いね」

部員たちの視線が、真希に集まる。彼女はまったく動じない。

「でも、『打率二割四分』って言い換えてみると、最悪、ってわけでもない気がする。それに、ヒットを打って相手を揺さぶれば、投球も守備も崩れるかもしれないし。暴投とかエラーとかまで含めたら、実際は、もっと高い確率になると思わない?」

鉛のように沈んでいた、ベンチの雰囲気。そこに、真希の声が風となって吹き寄せて、新たな空気を注ぎ込んでいく。みんなの両目に、光が戻ってくる。

「たしかに」

「意外と、いけそうかも……」

「もっと絶望的かと思ってた」

部員たちは口々に言った。それを聞いて、真希がまた大きく口を開けて笑う。

「そうそう。要はこの二四パーセントを、どうやって引き上げるかってこと」

不思議だった。真希の声が響くたびに、部員たちに活力がよみがえっていく。

ようやく遥は気付いた。

二四パーセントが大きいか小さいかなんて、問題ではなかったのだ。必要なのはきっかけだった。そのきっかけを、真希が摑んだ。

だからこの人は、あたしたちのキャプテンなんだ。

「やろうよ。みんなで、県大会に行こう」

真希がサッと右手を出す。その意図に、一番早く葵が気付き、自分の右手を重ねる。そこからは、先を争うような状態だった。全部員が円になり、午前中にやったように、無数の手が中心に集まる。

自分の計算が、ほんの少しでも。ほんの少しでも、真希を助けたなら。みんなの背中を押せたなら。

両の目に力を込め、早くも緩もうとする涙腺《るいせん》を、キュッと締める。

遥がこれ以上に望むものは、一つしかなかった。

勝ちたい。ただ、それだけだった。

最後に木下先生の右手が乗せられると、それを合図に、真希が声を上げる。

「あたしはまだ、このメンバーでソフトボールがやりたい。逆転するよ！」

おぅ！

全員の声が、広いグラウンドにこだまする。逆転勝利のために残された、二四パーセントの道筋を。一丸となって駆け抜けるために。

ほどなくして、八重咲中のファーストが、ベンチから出てきて守備についた。

二点を追う最終回。四番から始まった東大磯中の打線は、文字通り最後の反撃に向かう。

そして初球から、誰もが異変に気付くこととなった。

八重咲中のピッチャーが大きく暴投。ボールはキャッチャーと審判の頭上を軽々と越えていった。敵も味方も、あっけに取られる。ピッチャーは汗を拭《ぬぐ》ってから、少し硬い笑みを浮かべた。この試合、初めての暴投だった。そのときは、いいピッチャーでも失投はあるんだと、ぼんやり考えただけだったが……。

さらに二球目。投じられたボールを、東大磯中の四番・愛加《あいか》はバットの真芯《ましん》でとらえた。あわやホームラン、というほどの特大ファール。ボールが弾き飛ばされた瞬間、ピッチャーの顔が恐怖にこわばったのが見えた。

味方のあんな打球、試合が始まってから一度も拝んではいなかった。前の回までと、何かが違う。目に見えない何かが……東大磯中と八重咲中とを隔てていた壁のようなものが、いつの間にか崩れて消えてしまった感覚。

それは、一種の手応えだった。

三球目は、一塁線への痛烈なゴロとなった。ファーストが転びかけながらなんとか捕球し、アウトになりはしたが……。守備の位置によっては、ヒットになってもおかしくない当たりだった。

ワンアウト。そして同時に、チームの誰もがそれを感じ取った。

相手ピッチャーの、球威が落ちている。

中断によってリズムが崩れたからだろうか。中途半端に休んだせいで、一気に疲れが出てしまったのか。何にせよ、六回まではまるで別人だった。まだ可能性はある。確率は、さっきよりも高まっている。

次の打者は、五番ショートの葵。普段は可愛らしいえくぼを浮かべ、リスのような

――どちらかといえば捕食される側の雰囲気を漂わせている彼女も、今はヘルメットの下で狩人の目を光らせている。二度、素振りをしてから、左バッターボックスへ。

ボール球を見送った後の、二球目。

葵は、右足を一塁方向に踏み出しながら、投じられたストレートを流し打った。まるで、すれ違いざまに相手を斬りつける、時代劇の殺陣《たて》を見ているような……。鮮やかなバッティングだった。

鋭いゴロが、サードの正面に転がる。ベンチから、言葉にならない悲鳴がいくつも上がった。

しかし、ボールに執念が乗り移ったのか、それとも単にサードが焦ったのか。ゴロはグローブの先っぽにぶつかり、真上に跳ねた。お手玉をするような形になって、捕球がコンマ数秒だけ遅れる。

そのコンマ数秒は、決定的な時間だった。

送球との追いかけっこに、葵は勝った。ボールが届くよりも早く、一塁を駆け抜ける。

「よっし！」

遥の横で、真希がガッツポーズをする。走りだしながら打つ、ソフトボール特有のバッティング――スラップ打法。非常に危なかったが、成功だ。

「さあ、葵に続くよ！」

「狙って狙って！」

バッターボックスに向かって、絶えず声援が送られる。チーム全体が一つの生き物となって、八重咲のピッチャーに食らいつく。

この回の三人目——六番・美南《みなみ》がバッターボックスへと向かう。今度は初球だった。澄んだ音とともに、白球が弾き返される。ボールはうまい具合にライトとセンターの真ん中に吸い寄せられ、ストンと落ちた。ベンチの全員が立ち上がる。

慌てた様子のライトが、ボールに追いつく。それを投げ返す前に、葵は三塁を蹴った。タイミングは、ギリギリだった。けれど、ギリギリ間に合った。

葵がホームに滑り込むと同時に、審判が両手を広げた。

「セーフ！」

「やった！」

ベンチの全員が、勝ったかのように飛び跳ねて喜ぶ。真希と遥が、葵のヘルメットをぺしぺし叩く。ユニフォームと鼻の頭を泥で汚した葵は、「へへ」と照れくさそうに笑った。

「小さいって、こういうときに得だよね。タッチされにくいもん」

ベンチに戻っていく葵の背を見送りながら、真希は言った。いや、一寸法師じゃないんだから、そこまで変わらないと思うけど。

遥は苦笑いを浮かべてから、スコアボードに目をやった。

一対二、ワンアウト二塁。次のバッターは七番の真希、そして八番の遥。

ヘルメットをしっかりとかぶり直し、バッターボックスに向かいかけて、真希は足を止めた。

「葵の出塁はエラーだったから……あたしがヒットを打てば、この回でちょうど二本目だね。三本目を打てる確率は、計算してないの？」

「うん。この先は未知数。その方がいいと思って」

「だね」

真希は再び歩き出した。遥は、彼女の頼もしい背をじっと見つめる。

真希がヒットを打とうが打つまいが、必ず自分に打席が回ってくる。あたしに、やれるだろうか。試合をひっくり返す一打なんてものが、打てるだろうか。

ベンチを振り返る。一〇分前までの泥のように重たい空気は、もはやどこにもない。

今、チームは一つになっている。とはいえ、これから自分を待ち構えているのは孤独な戦いだ。

遥は右手をそっと握って、開いた。

ソフトボールも、数学も……。友人たちに支えられて、遥はここまで走ってきた。だけど打席に入ってしまったら、もう頼れるものは何もない。木下先生からのサインがあるとはいっても……。誰かが代わりにバットを振ってくれることはないし、ストライクとボールを見極めてくれることもない。

打てるだろうか。

そう自分に問いかけたけれど、答えはすぐに浮かんできた。

分からない。

打てる可能性もあるし、打てない可能性もある。それが数学的な答えなのだ――。

キィン！

不意に、甲高い音が耳に届いて、遥はハッと顔を上げた。真希が、振り抜いたバットを投げ捨てる。二四パーセントを乗り越えて。白球が、センター前に抜けていった。美南が三塁を勢いよく蹴る。

その瞬間、遥の背筋に冷たいものが走った。ボールを摑んだセンターが、体を弓のようにしならせる。

浅い……！

遥はとっさに、ストップをかけようとした。そのときにはもう、遅かった。

弓から放たれた白い矢が、一直線にホームを襲う。二人の人間がぶつかり合い、土ぼこりが上がる。審判の右腕が、勢いよく振り下ろされた。

「アウト！」

本塁でのタッチアウト。

よりにもよって、あんなにいい返球がくるなんて……。

遥は唇を噛み、地団駄《じだんだ》を踏んだ。

その刹那。

敵のキャッチャーは、二塁に向かって素早くボールを投げた。

何が起こったのか、遥には理解できなかった。その場の光景が、テレビの録画映像のように、どこか遠くの出来事として目に映る。

二塁ベースに滑り込んだ真希。グローブを審判に向かって掲げるセカンド。

「アウト！」

こんなに離れているのに。審判の声が、遥の耳には妙にくっきりと聞こえた。誰もかれもが、目の前の現実から置いてきぼりを食っている。

ただ一人。残酷な宣告を一番近くで聞いたキャプテンだけは……。二塁近くに座り込んだまま、絶望の表情で天を仰いでいた。

あ、そっか。

負けちゃったんだ。

ようやくその事実に気が付いて。バットが手から抜け落ち、ゴトン、と地面に当たる音がした。


「やっと見つけた」

更衣室のある校舎の、ちょうど裏手。木の陰に隠れるようにうずくまっている女の子を、遥はようやく発見した。声をかけても、返事はない。

真希は、体育座りをした両膝の間に、顔をうずめてじっとしていた。ゆっくりと近付き、隣に腰を下ろす。蝉の声が、すぐ真上から降ってくる。

「みんな、もう帰っちゃったよ」

蝉の声の間を縫うように。遥はそっと、親友に声を届ける。着替えたばかりなのに、ブラウスがすでに汗で濡れはじめていた。

「ごめん」

顔を上げずに、かすれた声で真希がつぶやく。

「ごめん」

遥は黙って、自分も体育座りをする。返すべき言葉を、持ち合わせていなかった。

一対二。最後の中地区大会、東大磯中は二回戦敗退が決まった。それはすなわち、三年生が今日限りでソフトボール部を引退することを示していた。後日、送別会が開かれることだろう。全体でミーティングをした後は、各自着替えをして解散になった。

そうして制服姿になってから、更衣室内から真希の姿が消えていることに気が付いた。荷物は置いたまま。心配になって、遥は一人、慣れない他校の敷地内を捜しまわった。

でも、こうやって真希を見つけたところで、遥には気の利いた慰めは何も言えない。それどころか、こうしている今も、油断をしたら涙が溢れてしまいそうだった。

終わったんだ……。

あのとき、真希はホームでのクロスプレーの隙を突いて二塁を狙った。真希のことだから、余裕はあると踏んで決断したはずだ。計算外だったのは、敵のキャッチャーが即座に気付き、驚くほど正確な送球をしてみせたことだった。少しでも逸れていたら、セーフになっていたはずなのに。最後の最後で、運は味方してくれなかった。

真希のせいじゃない。

その言葉を呑み込んで、遥は別の言葉を口にする。

「悔しいね」

「うん」

真希はやっぱり、顔を上げない。

どうやらそこで、限界だったらしい。

木々が、土が、校舎が、空が、絵の具がにじむように一気にぼやける。両手で顔を覆ったが、それでも足りない。指の間から、幾筋も涙がこぼれ落ちた。

まだ、終わりたくないのに。

もっとみんなで、ソフトボールがやりたかったのに。

蹴っても叩いても、文句を言っても、現実を変えることはできない。大きな岩みたいに眼前に横たわり、遥の進みたかった道をふさいでしまう。

無力だった。

ただただ、無力だった。

すべての希望が奪われて、行く先から光が消え去ったように思えた。

少なくとも、この瞬間まではそう思っていた。

「……いい試合だったよ」

突然だった。

何の前触れもなく、男の人の声が降ってきて、遥は慌てて顔を上げた。涙で視界がかすんでいる。黒い人影が、ゆっくりとした歩みで近寄ってくる。

「ラストイニングであれだけのチャンスを作れるなんて……。計算してみたら、確率はわずか二四パーセントだった。狙ってできることじゃないよ」

「あ、あ……」

紡がれるのは、間違いなく聞き慣れた声。遥は立ち上がり、必死で両目を拭った。顔がぐしゃぐしゃになっていることには構わず、とにかく視界を晴らすために。

こんなところに、いるはずがない。負けたショックで混乱しているんだ。頭の隅から、冷静な自分がそう叫んでいる。

しかし、そこに見えたのは夢でも幻でも、夏の暑さによる蜃気楼《しんきろう》でもなかった。

真っ黒なボタンダウン、大きな黒縁《くろぶち》眼鏡、そして童顔。

一年前に別れた少年が、そこに立っていた。

数学屋の本当の店長が、そこにいた。

「ただいま」

少年は――神之内《じんのうち》宙は、眉一つ動かさずに言う。

「約束を、果たしに来たよ」

あっけにとられて、遥はしばし、何の反応も示すことができなかった。涙腺すらも戸惑っているようで、滝のように流れていた涙も止まる。ようやく顔を上げた真希も、鳩が豆鉄砲でも食ったように、真っ赤に泣きはらした目を丸くし、ひたすら驚いている。

遥の頭が、ようやく働きだす。

遥に数学の奥深さを教えてくれた、神之内宙。

今はアメリカのボストンにいるはずなのに……どうしてソフトボールの試合場に？　いつ日本に帰ってきたの？　それに、「約束」って……。

そこまで考えたところで、遥は唐突に思い出した。褪《あ》せてセピア色になった、古写真のような記憶。その中の一つが、ひと時の輝きを取り戻す。

——見においでよ。来月に試合があるから。

——試合？　もしかして君も出るのかい？

——もちろん。

本当に何気ない会話だった。一年前の夏に交わした、果たされずに終わった約束。

いや、違う。

果たされずに終わるはずだった約束。

洟《はな》をすすって、遥は微笑む。

「覚えてたんだ」

「忘れるはずがないよ」

なんでもないことのように、宙は答えた。本当に、コイツは変わらない。ただ、こうして見ると、少しだけ背が伸びたみたい。

「父さんが日本に用事があってね。一緒に一時帰国したんだよ」

「それならどうして、連絡くれなかったの？　メールも返事しないし」

「急に帰って、驚かせようと思ってさ」

「あきれた。それにしたって、出てくるタイミング悪すぎるよ」

「ふむ」

遥に言われて、宙は木陰に目を向けた。目を赤くした真希が、こちらをポカンと見上げている。

「宙君……」

「結果は、やってみるまで分からないものだから」

真希の言葉にかぶせるように、宙はそう言った。

「君の判断が間違っていたわけではないよ。あそこで走った勇気を、僕はたたえたい」

こらえきれず、遥は噴き出した。あれだけ落ち込んでいた真希も、これには苦笑い。

ホントにコイツは、真面目な顔で恥ずかしいことを言う。しんみりしてた空気が、台無しじゃない。

遥は、目尻に残っていた涙をそっと拭った。

「とにかく、おかえり宙君」

宙は、眼鏡の奥の目をそっと細めた。近くの木にとまっていた蟬が、ジジジジ、と音をさせて飛び立っていく。

真夏の陽射しの下。遥と宙の間に、優しい沈黙が流れていく。

メールやスカイプで連絡を取っていたけれど、宙と顔を合わせるのは、実に一年ぶりだった。今日と同じように暑かった、あの夏の日——空港で別れて以来の再会だった。

試合に負けて打ちひしがれていた遥の目の前に、唐突な幸福が、コロンと音を立てて転がってきた。その幸福を堪能するために、遥は静寂に身を任せる。

「宙〜。話は終わった？」

ところがその静寂は、横から飛んできた無遠慮《ぶえんりょ》な声で、プツンと切れた。驚いた遥が、声の方に目を向ける。見覚えのある女の子が、プラプラとこちらに歩いてくる。

ショートボブの茶髪に、胸元でキラリと光るネックレス。今日は焦げ茶のサングラスをかけていたが、それが誰であるか、遥には分かった。

先週、職員室で出会った他校の女の子。向こうは遥を知っているようなのに、こっちはまるで心当たりがない、不思議な少女。

あれ？　でも、待って。今、たしかに「宙」って呼びかけたよね？

「ああ、明日菜さん」

宙が、きまり悪そうな顔で答える。明日菜と呼ばれた少女は、摑みどころのない笑みを浮かべて、歌うように言った。

「ずっと待ってたんだから。約束、ちゃんと守ってよね」

約束？

遥は眉をひそめる。試しに宙をうかがってみても、彼は相変わらずの無表情。木陰に座ったままの真希は、話についていけずに困惑しているみたいだ。

「ちょっと宙君、どういうこと？　この人は誰？」

遥が尋ねると、宙は「ふむ」と腕を組んでしまう。明日菜はただ、へらへらと笑っているだけだった。

話がまったく呑み込めない。

分かったことといえば、一つだけ。

どうやら、再会を手放しに喜んではいられないようである。

解の一

水と油は夢を語る

女の子というのは、男が思っているよりもずっとたくましい。

猫はこたつで丸くなり、虫たちは葉っぱの裏に避難している季節だった。それなのに、制服のスカートを短くして、わざわざ白い足を北風にさらしている。健康とか快適さとかよりも、ファッションを重要視している。可愛くあること。いつでもそれを最優先できるくらいに、女の子は強い。

佐伯《さえき》明日菜も例外ではなかった……というよりも率先して、その精神を実践していた。

「寒くねーの？」

「ん～？　別に。慣れちゃえば大したことないよ」

隣を歩く彼に、明日菜は答えた。彼は、「ふぅん」と短く答えたっきり、前を向いてしまう。

中学一年の、冬のことだった。明日菜は初めての彼氏――白石大智《しらいしだいち》と一緒に、放課後の寄り道を楽しんでいた。といっても、カフェとか、ショッピングとか、そういうところじゃなくて……大智の足が向いたのは、公立の図書館。

赤みがかった茶髪、耳には銀色のピアス。容姿からは想像できないけれど、大智は読書家だった。しかも、方向性がちょっと変わっている。

自動ドアをくぐると、暖かい空気が二人を出迎えてくれた。明日菜は、顔の下半分を覆っていたマフラーをくるくると外す。そこで初めて、足がけっこう冷えていることに気が付いた。

「ねぇ、大智。何借りるの？」

「ムーミン」

「本気で言ってる？」

「うるせー、いいだろ。好きなんだから」

大智は、迷いのない足取りで児童書コーナーに向かう。棚の前で本を読んでいるのは、小学校の低学年くらいの子どもたち。絨毯《じゅうたん》敷きのキッズスペースには、幼稚園児らしき子までいる。そんな中を、茶髪の中学生二人が歩いていく。

棚の一つの前で、大智は足を止めた。慣れた様子で三冊ばかり引っ張り出す。

大智の大好物は、「児童文学」。子ども向けの小説の呼び名らしい。同級生たちは、小学校卒業とともに次々と、そういう本から卒業しているにもかかわらず……いまだに、子どもに交ざって棚をあさっている。ブレザーやコートのポケット、ショルダーバッグの中には、いつも可愛らしい表紙の文庫本がねじ込んであった。そして、暇さえあればページをめくっている。

似合わない。でも、そういうところも素敵だったりする。

大智は、自分の借りる分を選び終えると、笑って声をかけてくる。磨き上げられたナイフみたいに、危険と魅力が同居している——明日菜の大好きな笑い顔だった。

「明日菜、ほら、これ借りていけよ。『赤毛のアン』。この俺が薦めるんだから、間違いなく傑作だ」

「あたしはいいよ。読書って苦手だから」

「バカだなー。せっかく図書館に来たんだぜ？　世界が何百年もため込んだ名作たちが、ここに集まってるってのに。何も借りないで、楽しいのか？」

「あたしは、大智と一緒にいたいだけだから」

「そうか。けど、もったいないな。こんなにおもしれーのに」

「おもしれーのに？」

大智の言葉を、明日菜は繰り返す。大智はあきれていた。ほんのわずかな表情の変化だったけれど、いくらでも見てみたかった。

「じゃ、帰ろっか」

貸し出し手続きを済ませ、大智がムーミンを数冊、大事そうにバッグに収めたのを確かめると、明日菜は言う。大智の手首のブレスレットが、カチャカチャと鳴った。

幸せだった。大切な人と二人なら、どこを歩いたって幸せだった。遊園地とか、映画館とか、そんなデートプランはいらない。通学路だって、近所の図書館だって、明日菜にとっては最高のデートスポットだった。

スキップしそうになるのを、明日菜はかろうじてこらえる。

そして、図書館の自動ドアをくぐろうとした、そのときだった。

「ああ、ちょっと待ってくれ」

後ろから呼び止められた。振り返ると、大智は明後日《あさって》の方を見やっている。

彼の視線が向かう先は、入り口から見て左側にあるラウンジだった。図書館の本館とは別で、おしゃべりをしたり、お弁当を食べたりできるスペース。眼鏡をかけたブレザーの男子が一人、難しそうな顔をして机に向かっていた。

学者のような雰囲気をまとったその姿に、明日菜は見覚えがあった。

うちのクラスの神之内宙。

明日菜は神之内と話したことがない。教室での神之内は、いつも一人で本を読んでいるので、ちょっぴり近寄りがたい存在だから。

暗そうな奴。別に、わざわざ声をかける必要もないよね。

明日菜は気にせず、自動ドアの方へ足を運ぼうとした。

「よぉ、宙じゃん」

けれど、気付いたときには大智はすでに隣におらず、神之内の肩を叩いていた。眼鏡の少年が、驚いたように顔を上げる。

「なんだよ、また数学の勉強か？」

「うん」

「好きだな、お前も。こんなの何が楽しいんだか」

「楽しいよ。君もやるかい？」

座ったまま、神之内は向かい側の空席を鉛筆で指した。意外なほど落ち着いた、聴き取りやすい声だった。

「アホ。やらねーよ」

大智は、苦い物でも口にしたような顔をした。

知らない人が見たら、内気な優等生に不良が因縁をつけているように見えるかもしれない。ちょっとだけ迷ってから、明日菜も遅れて、二人の方へ歩み寄る。

「こんにちは、神之内君」

「こんにちは」

表情を変えずに、神之内は挨拶を返してくる。はたして、明日菜の顔を覚えているのかどうかさえ、怪しいところだ。

「宙はよく、このラウンジで数学を勉強してるんだ」訊いてもないのに、大智が説明してくれる。「小学校の頃から、ずっとだ」

「ふぅん、そうなの」と返してから、明日菜は思い出した。大智と宙は、同じ小学校の出身だった。教室でも時々、言葉を交わしているのを見た気がする。

明日菜は中学に入ってから、ようやく大智に出会ったっていうのに。なんだか負けた気がして、胸の中にモヤモヤと雲が広がった。

もちろん、それは明日菜の勝手な感情。当たり障《さわ》りのなさそうなことだけを、尋ねてみる。

「なんで自分の家じゃなくて、図書館で勉強してるの？」

「外の方が集中できるんだよ」

「どうして？」

明日菜は何気なく問いを重ねる。神之内は答えなかった。眼鏡の奥の両目が、軽く細められる。

特に理由はないの？　それとも、あんまり話したくない？

心に浮かんだそんな疑問も、一瞬後には消えてしまった。明日菜にとって、神之内に対する興味はその程度だった。だから、早いところ大智を連れて、この場を離れようと思った。よく分からない人は放っておいて、二人っきりの世界に戻りたいと思っていた。

それなのに。何の気なしに、机の上のノートをひょいっと覗き込んだとたん、そういうわけにもいかなくなった。

$$\int f(x)dx = \int f(g(t))g'(t)dt$$

$$\int f(g(x))g'(x)dx = \int f(u)du$$

そこに広がっていたのは、生まれてこの方、一度も見たことのない記号の群れだった。何も言われなければ、魔法陣か何かに見えたかもしれない。

さっき大智が、言っていた。

——宙はよく、このラウンジで数学を勉強してるんだ。

しかしながら、明日菜の知っている数学とは、似ても似つかない。微笑を顔に貼り付けたまま、彼女は硬直してしまった。軽い目眩《めまい》まで襲ってくる。

「なにこれ……？　これが数学？」

「うん。積分と言ってね。高校になったら習うよ」

神之内は、サラッと恐ろしいことを口にする。困惑のあまり、明日菜は大智に目を向ける。大智も、明日菜と同様、このノート上の魔術をまるで理解できないようだった。

彼は、細い眉毛をかすかに歪める。

「相変わらず、おかしなことをやってやがるな。こいつは本当に、人間の言葉で書かれてるのか？」

「紛れもなく、人間の作り上げてきた叡智《えいち》の結晶だよ。といっても、これは教科書レベルだから、やってみると意外と簡単だよ」

「物好きな奴め。こんなの勉強したって、役に立つとは思えねーよ」

「君には思えなくても、必要としている人はたしかに存在するんだ。何度も言うように、数学は、主に世界の目立たないところで活躍している」

椅子に座ったまま、大智を見上げる神之内。応じるように、神之内を見下ろす大智。

二人の視線がぶつかり合い、火花が散ったような気がして、明日菜はヒヤリとする。

しばしの沈黙の後、また大智が口を開いた。

「本当に世の中の役に立つのは、文学だ」

「いや、数学だよ」

「文学は人の心を動かして、社会に血を通わせることができるぞ」

「数学は科学を進歩させ、人の可能性を広げることができるよ」

「分からない野郎だな」

「それは、君も同じだね」

あれ？　この人たち、もしかして仲悪いの？

明日菜は、自分の根本的な勘違いに気付く。教室でもたまに話してるし、さっきも迷わず声をかけたのだから、てっきり仲良しなのかと思ってたのに……。

実は大智ってば、気に入らないから絡んでるだけ？

「ねぇ……もう帰ろう？」

明日菜が小声で言うと、大智は物足りないような顔をしつつ、「ああ」と答える。

「おい、分からず屋。今日はこれで帰るけどな。今度じっくり、文学の素晴らしさを教えてやるぞ」

「ふむ。そのときは僕も、数学の奥深さを語らせてもらうよ」

眉一つ動かさずに、神之内が答える。すると、先ほどまでの言い争いが嘘であったかのように、大智が歯を見せて笑う。喧嘩というより、スポーツで汗を流した後のような、なんともすがすがしい笑みだった。

「またな、宙」

「うん」

簡素な挨拶だった。嫌味や敵意はまったく感じられない。小学生の頃から同じ環境にいる――そんな二人だからこそ持っているような、不思議な気安さだけがあった。

いったい、この二人ってどういう間柄なんだろう。

自分には理解できないつながりが、二人の間にある気がして、胸がチクリと痛んだ。

明日菜と大智は、二人並んで図書館を後にした。寒風が肌に噛みついてきて、明日菜は身を縮める。しばし、黙って歩を進める。

「わりーな、待たせちまって」

大智の口を中心に、綿のように白い息が広がった。明日菜は、軽い口調で「別にいいよ」とだけ答える。傍から見たら、機嫌が良いように見えたかもしれない。

いつだってそうだ。友だちによれば、明日菜は二四時間三六五日、常に機嫌が良さそうに見えるらしい。常にへらへら笑って、ふわふわと日々を過ごしているから。悩みも何もなさそうに見えるのだという。

明日菜だって辛いと思うことはあるし、寂しさを感じることもある。ただ、それが表面に出ないために、心の動きがあるのかないのか、伝わりづらいだけ。

あたしと二人でいるときに、わざわざ喧嘩しなくたっていいのに。

そんな言葉が、心に浮かぶ。それも、顔には出ない。

こういう性格は損なときもあると、自分でも分かっている。だって、苦しんでいても、うまく助けを求められないから。

歩いているうちに、すぐに両手が冷たくなってきた。今朝は、急いでいたから手袋を忘れてきたんだった。息を吹きかけようと思ったが、口元はマフラーに埋まっているため、うまくいかない。指先が、傷んだイチゴみたいな色になっている。

「ちょっと、手ぇ貸せよ」

そのときだった。不意に、隣から大智の手が伸びてきて、明日菜の右手を摑んだ。あっ、と声を出す前に、体ごと引き寄せられてしまう。

「しもやけにでもなられたら困る。見てるこっちまで痛くなるからな」

やけに近いところから、大智の声がする。明日菜の右手は、大智の左ポケットの中。

心臓が、破裂するんじゃないかと思うくらい高鳴った。

「もう少し散歩しようぜ」

「……帰って読書するんじゃなかったの？」

「うっせーな。読書の前に、頭を冷やしたい気分なんだ」

右の手のひらに、彼の体温を感じる。一瞬、手汗をかいてないかと不安に思ったけれど、今さらどうしようもないから、やっぱり気にしないことにする。

いつだってそうなんだ。

大智は、あたしの気持ちを誰よりも正しく分かってくれる。

他の人には何と言われても構わない。

あたしの気持ちは、この人にだけ伝わればそれでいい。

幸せが逃げてしまわないように。明日菜はそっと体を寄せた。


「おはよー」

「あ、おはよー明日菜」

コートを脱ぎつつ教室に入ると、廊下側にある明日菜の席の周りには、すでに三人ばかりの女子が集まっていた。「寒いね」と言うと、「うん、寒すぎ」と返ってくる。明日菜は、野ウサギみたいに身を寄せ合う女子たちの間に割って入り、席に着いた。

教室では、明日菜はごく一般的な女子と同じように、一つの仲良しグループに属していた。クラスの中で、少し派手な部類。みんな当たり前のように髪を染めていたし、ピアスも開けていた。ただし、学校をサボって他校の男子と遊びに行ったりとか、そういうことまではしない。枠組みに囚われながら、中途半端に粋《いき》がっていた。

クラスという括《くく》りの中でも、女子は、さらに細かく分かれる。休み時間を一緒に過ごす仲間。放課後に寄り道する仲間。愚痴を言い合う仲間。ここでは、佐伯明日菜という個人じゃなくて、グループの一人として振る舞わないといけない。アイツってウザいよね、と一人が言ったら、必ず全員が首をタテに振る。他のグループの人と仲良くしすぎてもいけない。出る杭は打たれる。弾き出される。そして、中学校というのは、女子が一人で生きていくには過酷すぎる。誰もが、グループにしがみついている。北風の冷たさには打ち勝てても、人間関係が冷えこんでしまえば、のたれ死ぬしかなくなるのだ。

息苦しい、と思ったことはない。

息を止めて自分を殺すのなんて、慣れっこだったから。

「明日菜ってさ、悩みとかなさそうだよね」

気怠そうに机に頬杖をついて、グループの一人が言った。明日菜はいつもの通り、へらへらと笑う。

「えっ、そうかな？」

「うん、なんだか気楽に生きてそう」

「カッコいい彼氏もいるしね」

「いいなー」

口々に言われて、明日菜はただ「えー、そんなことないよー」とだけ返した。「そんなこと」がどんなことなのか、明日菜自身にも分からない。多分、誰にも分からないのに、会話は滞りなく進んでいく。明日菜たちの会話というのは、それくらい薄っぺらいものだった。

「おーっす」

そのとき、教室の戸が乱暴な音を立てて開き、一人の男子が入ってきた。人と人との間から、チラッと盗み見たけれど、それが誰なのかは見る前から分かっている。

大智の明るい髪は、今日もカッコよくきまっている。曇りのない表情と相俟《あいま》って、なんだか太陽みたいに見えた。この暗くて身動きのとりづらい、地の底の掃《は》き溜《だ》めみたいな教室で、大智の存在は異質だった。人の間をするすると進む大智を、明日菜は目で追う。彼は、クラスのみんなからの挨拶に、片手を上げたり、「おっす」と声をかけたりして応えていく。

「おう、大智。遅刻ギリギリだな」

「うっせーよボケ、余計なお世話だ。頭の上のハエでも追ってろ」

「おはよう、大智君。今日もヤンキーみたいでおっかないね」

「分かってねーな。俺ほどの優等生も珍しいぜ？」

明日菜は知っている。その受け答えの仕方は、一人ひとり違っているんだ。口の悪さは、距離の近さの表れ。大智はクラスの全員と、それぞれに合った距離感を保っている。だから、誰とでも付き合える。誰からも信頼される。

「おーい、早く席に着けー」

出席簿を手にした男性教諭が、今日も朝から疲れた顔をして入ってきた。担任の登場に、思い思いに散らばっていた生徒たちが、自分の居場所へ帰っていく。担任は教壇に上がる前に、いつもの通り大智を睨んだ。大智は、蚊ほどにも気にする様子がない。

「白石、話があるから、後で職員室に来なさい」

「何？　またいつもの説教？」

自席に腰を下ろしながら、大智は笑う。担任の顔が、さらに険しくなった。

「せんせーも分からない人だねー。俺は悪いことなんて一つもしてないってのに」

「うるさい。言い訳は後で聞く」

「はいはい、行けたら行くわ」

大智が顔の横で手をひらひら振ると、教室のあちらこちらで忍び笑いが起こる。担任は、もはや無駄だと判断したのか、それ以上は何も言ってこない。大智の大人たちからの評判は、かなり悪い。これほど思い通りにならない中学生も珍しいからだろう。大智は自由だった。教師からも。グループからも。そして、自分の親からも。

息苦しい、と思ったことはない。

ただ……。一度でいいから、あの人みたいに生きてみたい。そう思ったことは、何度となくあった。

あの人みたいに。しがらみとか、型とか、常識とか、そういうものから完全に自由に生きてみたかった。

担任の目を盗むように、大智は一瞬だけ振り返った。流れるように、明日菜へニカッと笑いかける。明日菜は変わらない微笑のまま、小さくアゴを引いた。

二人の、いつもの挨拶だった。

その冬、明日菜は大智にくっついて頻繁《ひんぱん》に図書館を訪れた。大智は、一度に四、五冊の本を借りて、たいてい一週間かからず読み終えてしまう。そして借りた本を返すついでに、また新しい本を四、五冊借りていく。

あの男――神之内宙には、ほとんど毎回遭遇した。図書館に布団を持ち込んで寝泊まりしているのではないだろうか。本を借りた後にラウンジを覗くと、たいてい、机に向かう神之内の姿を発見することができた。

彼を見つけると、大智は必ず声をかける。その結果は必ず、真っ向からの言い争い。教室で、誰とでも分け隔てなく仲良くしている姿からは、とても信じられない光景だった。もしも大智と付き合わなかったら、このことはずっと知らないままだっただろう。

「そもそも、文学がなくたって世界は回る。それなのに廃れて消えちまわないってことは、文学にそれだけの価値があるってことだ」

「それは論理的におかしいよ。消えないものすべてに価値があるなんて、誰にも断言はできないはずだ」

「俺が話してるのは夢や希望のことだ。理屈じゃねー」

「夢、希望。非常に曖昧だね。もう少しはっきり定義を示してくれないかい？」

「定義も何もないっての。夢は夢だし、希望は希望だ。それ以上は辞書でも引いてろ」

「もちろん、辞書的な意味は理解できるさ。僕が疑問に思うのは、文学――特に児童書を読むことで得られる『夢』や『希望』の具体的内容だよ。それは本当に、子どもの成長にプラスの影響のみを及ぼすものなのかい？」

「夢とか希望がマイナスになるはずないだろーが」

「根拠を示して証明してくれなきゃ、そうとは言い切れないよ」

「てめーはよっぽど、文学を否定したいらしいな」

「疑問に思ったことを質問しているだけさ」

　そんなに意見が合わないなら、話しかけなきゃいいのに。横でスマホをいじりながら、明日菜は議論が終わるのを静かに待つ。しかし、明日菜の望み通りの結果になることは一度もなかった。二人が顔を合わせると、雑巾《ぞうきん》をしぼって水を出し尽くすみたいに、互いの言葉が出てこなくなるまで議論は続く。

「てめーは、素数が無限にあるってことを話してたが、それがいったい現実にどう役立つってんだ」

「素数はセキュリティシステムに応用されるって、前に話したじゃないか」

「そういうことじゃねーよ。それを『証明』したからって、世界が何か変わるわけでもないだろう。素数が無限にあるって知らなくたって、デカい素数さえあれば暗号は作れるわけだからな」

「証明されれば、世界に関する理解がまた一つ深まる。そういう数学者の歩みは、何一つ無駄にはならないよ」

「世界を理解したからどうなるんだって訊いてんだよ。机の上で証明問題を解いてるだけじゃあ、石ころ一つ動かせねーだろうが」

明日菜と同じ中学一年生のはずなんだけど……数知れない本を読んできた大智と、数学オタク神之内との議論に、明日菜の入り込む余地はなかった。二人の会話を、明日菜は聞くともなしに聞くだけだ。

そうして、聞けば聞くほど、神之内に対する苛立ちが募っていった。

大智の言葉は、いつだって理解しやすかった。「夢」とか「社会に血を通わせる」とかいう言葉は、明日菜の心に強く響いた。一方、宙の言葉は、どうにもただの屁理屈に思えてならなかった。

本当に、なんで大智はあんな奴に突っかかるんだろう？

せめて、あたしと二人のときには我慢してくれたっていいのに。

心の中で、不満が渦を巻く。そしてある日、図書館の自動ドアをくぐって、寒空の下へ踏み出しながら、明日菜はついに言ってみた。

「あんなの、相手にしなきゃいいのに」

「分かってねーな」

明日菜の言葉を、あらかじめ予期していたかのように。大智は暗がりで肩をすくめた。

「売られた喧嘩は買うし、吹っかけられた議論には応じる。意見が合わない奴とはとことん言い争う。それが、漢字の『漢』と書いて『オトコ』と読む人種なんだ」

「へー」

適当な調子で、相槌を打つ。正直、不器用な生き方に見えた。けれど同時に、そんなふうに真っ直ぐに生きられる人って、素敵だとも思う。

ちょっと黙って歩を進めてから、明日菜はまた口を開いた。

「神之内君って、なんだか頭が固そうだね」

「そう思うか?」

下手なリコーダーみたいな音がして、風が前から後ろへと吹き抜けていった。肩を縮めて、明日菜は冷気をやり過ごした。

「うん、なんか機械的、って感じ。あんな人だと思わなかった」

「そりゃあ、思わないだろ。宙があんなふうに自分をむき出しにして議論する相手は、俺くらいしかいないからな。迷惑な話だぜ」

なんだか、とても楽しそうな口調だった。顔を合わせているときは、水と油みたいに反発しているくせに。「宙」という名前を口にする大智は、なぜか活き活きとして見えた。

「あたしは、大智の言葉の方が好き」

ほんの少し、胸の中にモヤモヤとしたものを感じながら、明日菜は白い息を吐く。

「だって、文学だったらみんなに夢を与えられそうだもん。数学者の研究は、何かの役に立つイメージないよ」

「論理的には、正しいのはアイツなんだよ。アイツの前じゃ、まだ認めるわけにはいかねーけどな」

両手をコートのポケットに突っ込み、大智は夜空を見上げた。どういう意味だろう。明日菜も、大智に倣《なら》って天を仰ぐ。

薄墨《うすずみ》の色をした東京の空は、針でつつかれた暗幕のようで、星々がまばらに、音もなく瞬いている。

相手が正しいと思っているなら、どうして喧嘩なんてするんだろうか。男の子って、よく分からない。疑問が、心の中でコロコロと転がる。

しかしながら。人のことなんて言えないと、すぐに明日菜は気付くことになった。

問二．親友の支えになりなさい

今は夏休み。そう、夏休みのはずだった。

それなのに、三年A組の教室では、生徒たちがひっきりなしに出入りしていた。ちょっと寄っただけで、すぐに帰る人。立ち話をする人。そのまま、空いている椅子に腰を据える人。いろいろいたが、中心にいる人物はたった一人である。

「ふむ。力になれたなら、よかった」

「うん、ありがとう！」

宙に向かって嬉しそうにお礼を言ったのは、隣のクラスの女の子。「効率のいい勉強法」についての相談を終えて、どうやら満足してくれたようだった。「数学屋」の相談料は無料。お客さんの笑顔だけが報酬《ほうしゅう》だ。遥には、それで十分に思えた。だって、こんなにも幸せな時間を過ごせるのだから。

お客さんがニコニコしながら席を立つと、「じゃあ、次は私の番」と、入れ替わりに別の女の子が座った。その顔を見て、遥は目を丸くする。

「あっ、聡美《さとみ》。来てくれたんだ」

「うん。宙君と、一度話してみたくってね」

聡美は、うちわで顔をパタパタと扇いだ。たしかに、この二人は話したことがなかったっけ。カーテンをはためかせた風が、聡美の絹に似たつやを持つ黒髪をふわりとなびかせる。

「君が聡美さん」

記憶と目の前の実像を結びつけるように、宙はつぶやいた。そして、人形みたいにペコッと頭を下げる。

「初めまして。神之内宙です。『神之内』は長いので、『宙』と呼んでください」

真顔で、奇妙な挨拶をする。遥は思わず笑ってしまった。

窓際の一番端の席。机の脚に結びつけた「数学屋」の幟《のぼり》。お客さんを迎えるのは、並んで座った宙と遥。窓の外から降り注ぐ蟬の声。この焦熱地獄の中、宙はいつも通り、黒い長袖シャツを着ている。見ている方が暑くなるけど、そんな感覚すらも懐かしい。

一年前と同じだった。あの日、失ったと思った日常だった。

――せっかく宙君がいるんだから、数学屋を営業しようよ。

引退試合の翌々日。遥が提案すると、宙は快く賛成してくれた。すぐに遥が「元二年B組」のＬＩＮＥに連絡を入れる。

ビッグニュース！

なんと宙君が一時帰国してます！

今日は数学屋の臨時営業日にするから、御用の方は3Aまで！


夏休みだし、急なことでもあるから、誰も来なかったらどうしよう……なんて心配は不要だった。遥と宙がクラスに到着してから三〇分もすると、元クラスメイトたちが教室の入り口をくぐって現れた。入れ替わり立ち替わり、次々と。しかも誰から噂を聞きつけたのか、聡美のように、二年のときに違うクラスだった人まで訪ねてくるほどだ。

実は、もしも暇があったら、引退試合にいきなり現れた女の子――明日菜のことも問いただそうと思っていた。だけど、そんな余裕がまったくないほど盛況だった。

「宙君ってさ、なんだか『磁場《じば》』があるよね」

教室をぐるりと見回すと、急に聡美が言い出した。

「普段は目立たないんだけど、そこに数学っていう電気が流れると、力がはたらくの。もちろん、いい意味でね」

聡美は、冷静な口調でそう説明してくれた。それはこの上なく適切な喩《たと》えにも、漂う煙のように実体のない喩えにも聞こえた。聡美と初めて会話する宙は、すっかり置いてきぼりを食っている。彼はただ黙って、ペットボトルのお茶をひと口飲んだ。

そして聡美は、こちらの様子になど頓着《とんちゃく》せずに左手を突き出すと、親指と人差し指と中指を、それぞれ別々の方向に伸ばしてみせた。

「ほら、フレミングの左手の法則」

いや、「ほら」と言われても。

よく見ると、右手に持つうちわには「うなぎ」と黒い太字で書かれていた。うなぎが大好物なのかどうかは知らないが、どう見ても女の子が持ち歩くデザインではない。

遥は、深く考えるのはやめにした。これ以上の聡美ワールドを展開される前に、話を戻そうと試みる。

「磁場かどうかは分かんないけど……、こんなに人が集まったのは、きっと宙君だからこそだと思う。普通、夏休みなのにわざわざ学校に出て来ようなんて思わないもん」

あらゆる突っ込みどころをすっ飛ばして、無難にまとめる。それでも、聡美は特に不満な様子も見せなかった。ただ静かに微笑み、机の脇に立てた幟をふわりとなでる。

「宙君、今やちょっとした伝説だからね。一年生も知ってるらしいよ」

遥は「ホントに?」と驚いた。一年生といったら、宙の在籍中はまだ小学生だったはずなのに。後輩たちに数学屋のことが語り継がれていくことを思うと、誇らしいと同時に、なんだか照れくさかった。

「宙君に感謝してる人、たくさんいるよ。私もその一人」聡美は優雅に、髪をかき上げる。「アメリカから、見ず知らずの私を助けてくれたからね」

「そう言ってもらえると、とても光栄だよ」

宙は、眼鏡をクイッと押し上げた。表情が変わらないから分かりづらいが、多分、喜んでいるんだと思う。遥も去年の記憶を取り出すべく、胸の中を見渡した。遥にとっても大切なその思い出は、心の内に丁寧にしまわれている。

聡美が不登校になったのは、宙がアメリカへ転校し、遥が一人で数学屋を再開した頃のことだった。一見すると浮世離れしていそうな聡美は、そのとき、最も人間らしい悩みを抱いていた。それを解決すべく、遥はアメリカにいる宙と連絡を取りつつ、仲間たちとともに奮闘したのだ。

恋、鴫立祭《しぎたつさい》、心の漸化《ぜんか》式《しき》。

遥の心に、当時の苦労とか達成感とかがよみがえる。数学を使ったお悩み相談所・数学屋は、基本的に、お客さんの依頼を断ることはない。「部員たちのやる気を出させてほしい」とか、「好きな人に告白すべきか教えてほしい」とか……数学と無関係に見える問題にも、果敢《かかん》に立ち向かっていく。

――数学と関係がないことなんて、この世界に存在しないよ。

遥が問題を投げ出しそうになったとき、宙はきっぱりとそう言ってのけた。どんな問題だって、数学の力で必ず解決できる。それが数学屋の売りであり、宙が抱いている信念でもあった。そして遥の役割は、そのお手伝いをすること……の、はずだったのに。いつの間にか店長代理に就任して、数学屋を引っ張る立場になってしまった。

荷が重くって仕方がない、と遥はそっと苦笑い。

遥の視線の先では、聡美がまた左手で「フレミングの左手の法則」を形作っていた。いったい何の意味があるのか、きっと考えても無駄なのだろう。カーテンを割って熱風が吹き、「数学屋」と書かれた幟が空中で身をよじる。聡美は、その動きをひとしきり眺めてから、ふと、思い出したようにこう言った。

「ところで宙君、今日も、私の相談聞いてくれる?」

「もちろん」

宙は、ペットボトルを脇にのけた。鉛筆をかまえ、表情がひときわ凛々《りり》しくなる。世界中の誰よりも頼りになる、数学屋の店長の顔だった。

実際のところ、教室に集まったほとんどの人は、別に相談しに来たわけではなく、久しぶりにこの変人の顔を拝みに来ただけだった。しかし、それでも何人かは、宙の正面に座って最近の悩みを打ち明けてくれる。宙は真剣に耳を傾けて、数学的なアドバイスをしていく。

例えば、こんな具合である。

「実は、お父さんが健康診断で引っかかっちゃって」

聡美がサラッと、けっこう重い話を口にする。

「詳しくは分からないんだけど、何か重い病気かもしれないみたいなの。それで来週、再検査があるんだけど、不安で寝不足らしくて、その前に倒れちゃいそうで」

遥は少したじろいでしまった。クールな聡美のことだから、しゃべり方はいつも通りに淡々としている。けれど、内容は思いのほか深刻である。隣で宙も、いつになく真面目な顔をして耳を傾けている。いや、違った。コイツは常にこういう表情なんだった。

「病気かどうかも分からないのに、勝手に倒れちゃったらバカみたいでしょ？　だから、とりあえず再検査するまで、なんとか元気出してもらいたくてね」

「たしかに、そのままだと心配だね」

慎重な口調で返すと、遥は腕を組んだ。

「けっこう難しそうな問題だね。考える時間が必要かも」

「大丈夫。そんなときは『ベイズの定理』だ」

「えっ⁉　もう解けたの⁉」

遥は口元を押さえて仰天したが、宙はいたって落ち着いている。教科書の計算問題でも解くような調子だった。この人の頭の中には、いったいいくつの引き出しがあって、どれほどの数の解法が詰まっているのだろうか。

「例えば、一〇〇〇人に一人がかかる病気があって、その病気の検査の精度が九九パーセントだったとするね」

病気：1000人に1人がかかる
検査：精度99％

口に出した「数値」を、そのままノートに落とす宙。聡美はもちろん、これまで周りでおしゃべりしていた人の中からも、何人かが興味深げに覗き込んでくる。

「つまり、一〇〇人に一人は誤診があるってこと。だから、『病気だ』と診断されても再検査をする必要がある」

宙は鉛筆のお尻で、クイッと眼鏡を押し上げた。聡美は、何も言わずに「うなぎ」のうちわをパタパタ動かしている。

「さて、この検査で『病気だ』って診断されたとき、本当は病気じゃない確率は何パーセントだろう？」

「えっ？　一パーセントじゃないの？」横から遥が、口を挟む。「だって、検査の精度は九九パーセントなんだから」

遥の言葉に、聡美も、周りの何人かも頷いた。宙だけが、きっぱりと首を横に振る。

「たしかに、誤診の確率は一パーセントだけど。そこには、本当は病気じゃない人が『病気』と診断される場合と、本当に病気の人が『病気じゃない』と診断される場合の両方が含まれているんだ」

「えっと……？」

なんだかややこしくて、遥は首をひねった。自分の理解力が低いせいだろうかと思ったけれど、周りを盗み見て、ちょっぴり安心する。聡美も、野次馬っぽく集まっているみんなも、風に吹かれた原っぱの草みたいに首を傾げている。

「数値をきちんと整理して、具体的に考えてみよう」

宙が、再びノートの上で鉛筆を躍らせる。口と手が同時に動くその様子を、遥は去年、何度も目にした。

ああ、本当に宙君だ。

「この検査を一〇万人が受けるとする。一〇〇〇人に一人がかかる病気だから、その中に病気の人は一〇〇人いる。となると、残りの九万九九〇〇人は病気じゃない」

100000人が受診（病気＝100人、病気じゃない＝99900人）

宙の説明とともに、活字のようにきっちりとした数字・記号と、妙な丸みを帯びた漢字・ひらがなが並んでいく。

「ところが、誤診の確率が一パーセントある。病気の一〇〇人のうち、誤診のせいで『病気じゃない』とされるのが一人。病気じゃない九万九九〇〇人のうち、誤診で『病気』とされてしまうのは九九九人」

病気の100人：診断が「病気」＝99人
　　　　　　　診断が「病気じゃない」＝1人（誤診）
病気じゃない99900人：診断が「病気じゃない」＝98901人
　　　　　　　　　　　診断が「病気」＝999人（誤診）

「ほらね？　病気じゃないのに『病気』と診断される人が、こんなにいるんだ」
耳を傾ける全員に向かって、宙は言う。いつの間にか、周囲を取り巻くギャラリーは
さっきよりも増え、人の輪が二重になっていた。
『病気』と診断されるのは、合わせて一〇九八人。だけど、その中に『本当に病気の
人』は九九人しかいない」
「たった、それだけ……」
思わず、遥はつぶやいた。見たところ、計算に誤りはなさそうだし、そもそも数学に
関して、宙が間違ったことを言うはずがない。
ということは……。
遥が、頭の中で結論を出す前に。宙が手にした鉛筆が、シンプルな数式を一つ書き上
げる。

$$\frac{99}{1098} \fallingdotseq 9\%$$

小さいけれど、知りたいことのすべてがそこに詰まっている。そんな数式。

腕時計みたいな式だと、なぜか遥は思った。

「この数式の通りだよ。『病気だ』と診断されたとしても、本当に病気の確率はおよそ九パーセントしかない」

「へぇ。じゃあ、再検査になったからって、心配することないってこと？」

聡美が、意外そうに眉を上げる。彼女の言う通りだ。打率一割に満たないバッターなど、どう考えてもレギュラーになれない。九パーセントというのは、非常に低い。

神妙な顔をして、宙は頷いた。

「もちろん、これは『病気にかかるのは一〇〇〇人に一人』ってことと、『検査の精度が九九パーセント』ってことを仮定して考えただけだから。実際に、君のお父さんが病気の確率が何パーセントなのかは分からない」

宙はずれた眼鏡を、また鉛筆でちょいっと直す。

「けれど少なくとも、心配しているよりも確率はずっと低いんだ」

「なるほどね」

聡美は表情を変えずに、ノートの上の式を指でなぞった。分かりづらいが、どうやら納得してくれたようだ。その証拠に、彼女は胸ポケットからスマホを取り出した。

「この計算式、写真に撮ってもいい？　お父さんに見せてみるから」

「もちろん、かまわないよ」

「ありがとう」

お礼を言うと、聡美はスマホを構える。その拍子に、プラン、と横に垂れたのは、蕎《そ》麦《ば》のストラップだった。正方形のせいろに盛られた、グレーの麺。聡美は、クールビューティーとして評判なんだけど、センスは壊滅的で理解しがたい。

パシャ
シャッター音が、教室に響く。野次馬のみんなは、それぞれ感心したような息を一つずつ吐いてから、バラバラに散っておしゃべりに戻っていく。

相談から解決まで、あっという間の出来事だった。数学が誰かを救う様子を、何度も何度も目撃してきた遥であっても、これには驚くしかない。宙の数学力には明らかに磨きがかかっていて、もはや職人芸のようにすら見えた。きっと、アメリカでの勉強の成果なのだろう。

ひとしきり眺めると、遥はようやくノートから顔を上げる。すると集中が途切れたからか、不意に、思い出したように暑さがやってきた。タオルで額の汗を拭く。

「これが『ベイズの定理』なの？」

「うん。単純だけど、大学の授業でも扱われているくらい、重要な考え方なんだ」

お茶で喉をうるおしてから、宙はちょっと得意気な顔をする。コイツも同じ中学生のはずなんだけど、もう、何を持ち出されても不思議には思わない。アメリカでは、父親の大学で講義を受けたりもしているのだから。

そして、父親といえば……。

去年、宙が転校することになったのは、父親がボストンの大学で研究することになったから。いや、そもそも東京からこの大磯町に引っ越してきたのだって、「空気がきれいなところに住みたい」という父親の意向だったはず。

こうして考えると、宙の生活は、ずいぶんと父親に振り回されているようだ。今回の一時帰国だって、父親の仕事にくっついてきたわけだし。

遥は、その顔も知らない数学教授に対して、不満を抱いてみたり、感謝してみたり、気持ちがふわふわ定まらない。宙をして「変わっている」と言わしめるほどの奇人。大磯町内のホテルに、宙と一緒に泊まっているらしい。一度くらい会ってみたい気もするし、絶対に何があっても会いたくない気もする……。

「遥、どうかしたの？」

声をかけられて、遥はハッと思考の海から起き上がる。聡美が、風のない日の湖みたいな瞳を、こちらにじっと向けていた。頬を流れるひと筋の汗が、窓からの陽を浴びて宝石のように光る。

「うぅん、なんでもない」

「そう」

大して興味もなかったのか、それとも、気を遣ってくれたのか。いずれにせよ、聡美は早々と、話を別の方へと向けてしまう。

「ところで、今日は真希、来てないの？」

その名を耳にして、遥の胸はざわついた。首を伸ばし、教室内に視線を走らせる。もちろん、そんなことをするまでもなく、真希がその場にいないことくらい知っている。

「うん。連絡したら、ちょっと都合が悪いって言われちゃって」

「ふぅん、珍しい」

聡美は、両眉を段違いに上げた。宙は黙って、横から二人の会話を聞いている。

珍しい。たしかに聡美の言う通りだ。真希は、こういう集まりには進んで参加したがる性質《たち》なのに。きちんとした理由も言わずに断るのは、どうも真希らしくない。……まあ、原因が思い浮かばないわけじゃないんだけど。

遥たちが引退した地区大会は、つい一昨日《おととい》のこと。あの敗戦からまだ二日しか経っていないのだ。ショックから立ち直れていなくても、無理はない。

かく言う遥だって、まったく立ち直れていないのだ。

勝ちたかった。勝ってみんなで、県大会に行きたかった。そうしたら今頃もまだ、次の試合に向けて真希や葵と作戦を立てていたかもしれないのに。

練習してきた。努力してきた。それでも、届かなかった。

悔しい。悔しい。喉をかきむしりたくなるくらい、悔しい。

けれど。

時間は巻き戻らないし、待ってもくれない。ひっきりなしに「今日」は終わり、容赦なく「明日」がやってくる。

悔しさは、消えたりしないけど。遥が生きているのは「今日」であって、試合をしていた「一昨日」じゃない。「今日」には宙がいる。「明日」にもいる。けれど、「来週」にはいない。

だったらこの数日を、落ち込んでいるだけで終わらせてしまうなんて、絶対に嫌だ。

遥は胸に渦巻く後悔に、そっとフタをした。

「真希、忙しいのかもね」大人びて落ち着いた声で、聡美が言う。「私が行ってる塾にも、今度から通いはじめるみたいだから」

「えっ、そうなの？」

驚いて、遥は少しだけ身を乗りだした。そんな話は、初耳だった。

「でも、真希は通信添削やってるじゃん。これで塾にも行ったら、パンクしちゃわない？」

「そんなことは、私に言われたって分かんないよ」

聡美は舞でも演ずるように、「うなぎ」のうちわをヒラヒラと振る。どうやら、そこまで詳しく事情を知っているわけではないらしい。

部活の引退を機に、添削と塾の二段構えにしたのだろうか。これまでも、部活のないときには図書室にこもって、せっせと勉強していたのに。さらに塾にも行くというなら、たしかに顔を出す時間がなくても仕方がない……ように思える。

本当にそうだろうか。

いつもの真希なら、一年ぶりに戻ってきた宙のために、無理にでも時間を作るのではないだろうか。やっぱり、何かが変だ。

いまいち納得ができず、渋い顔をしている遥。カーテンと幟がパタパタとはためき、その風に乗ってきたのか、トンボが一匹、窓から飛びこんできた。トンボは、生徒たちの頭上を飛び回り、みんなの注目を集めてから、廊下の方へと抜けていく。

「きゃっ！」

トンボが消えていった廊下から、女の子の小さな悲鳴。また誰か来てくれた、と思って見ていると……恥ずかしそうに顔を赤らめた葵が、教室に入ってくる。多分、トンボに驚いたのだろう。いちいち可愛いやつめ。

「やっほー、葵。こっちこっち」

後ろの席から、遥が手を振る。葵は、元二年B組ではないが、一年前には数学屋を手伝ってくれたこともある。「ああ、葵さん」とつぶやく宙も、どことなく嬉しそうだ。

葵は、すぐにこちらに気付いて、ポニーテールを揺らしてちょこちょこと駆けてくる。

そして、その後ろから。ひょっこりと教室に足を踏み入れた男の人を見て、遥は思わず「えっ！」と声を上げた。

「こ、浩介《こうすけ》さん⁉」

「やあ、遥ちゃん、久しぶりだね！」

片手をひらひらと振って、爽やかな笑顔を向けてくるのは、一八〇センチを超える長身。学ランを着ているから、一瞬、うちの中学の生徒にも見えなくはないが、よくよく見るとボタンが違う。髪は、前に見たときと同じソフトモヒカンだった。

去年のバレー部キャプテン・浩介さん。今は、隣の平塚市にある高校に通っている。葵の彼氏で、けっこうカッコいいんだけど……。

非常に、面倒くさい人である。

「あ、聡美ちゃんもいたんだね。しばらく俺に会えなくて、寂しかったんじゃない？」

「そんなことはありません。今すぐ帰ってください」

バレー部の後輩である聡美が、浩介さんをスッパリ斬り伏せる。このくらいはっきりと物が言えるようになりたいものだと、遥は羨ましく思った。

それにしても。彼女である葵の前だというのに、浩介さんは平常運転だ。

「遥ちゃん、聡美ちゃんが不機嫌なんだけど、いったい何があったの？」

「いえ、何もないですけど……」

「またまた、そうやってはぐらかそうとする。女同士の秘密ってやつなのかい？　さては、久しぶりに会って嬉しいもんだから、照れ隠しをしているのかな？」

見当違いな言葉がポンポンと飛び出てくる。下手な鉄砲の乱れ撃ちも、これほど的に当たらないと逆に感心してしまう。

「ほら、コウ君。宙君が戸惑ってるから」

葵がようやく、彼氏をたしなめる。その言葉で、遥は大事なことを思い出し、隣の宙に目をやった。宙は、置き物みたいに身じろぎ一つせず、四人のやり取りに耳を傾けていたようである。遥は慌てて、言葉をかけた。

「ごめん、宙君、放ったらかしにしちゃって。この人が、葵の彼氏の浩介さんね」

「会うのは初めてだったね、宙君。去年の鳴立祭のステージ、すごかったよ」

ニコニコ笑いながら、浩介さんが右手を差し出す。宙も「初めまして。あのときはありがとうございます」と握手に応じた。

浩介さんは、去年の文化祭――第六四回鳴立祭の実行委員会副委員長だった。宙がアメリカにいながらスカイプで参戦できたのも、この浩介さんがステージを乗っ取る手助けをしてくれたから。つまり、二人は初対面だけど、実はすでに協力したことがあるわけだ。まあ、まさか宙君も、浩介さんがこんなに面倒くさい人だとは予想していなかっただろうけど。

宙と浩介さんの固い握手を見届けると、聡美は椅子から立ち上がった。空いた椅子を、スマートな仕草で葵に勧める。

「私の相談はもう終わったから。葵、いいよ」

「そうなの？　ありがと」

聡美と入れ替わりで、葵が宙の前に腰を下ろす。続いて、その隣に浩介さん。彼と正面から向き合う形になってしまい、遥は笑みを引きつらせた。

宙はさっそくノートと鉛筆をかまえ、準備万端の様子だ。

「それで、本日のご用件はなんだろう？」

「あ、えっと……。実は悩みがあるわけじゃなくて、会いに来ただけなの。お話したかったから」

少し言いにくそうに、葵が答える。たしかに、二人はちょっと妬けるくらいにうまくいっているカップルだ。相談するような悩みもない、というわけか。

「そうなんだ。わざわざ来てくれて、どうもありがとう」

表情を変えないまま、宙はカクン、と頭を下げた。おもちゃみたいな動きがなんだか面白い。

男子数人が、黒板になにやら落書きをしているのが、浩介さんの肩越しに見える。廊下側にかたまっていた女の子たちから、笑い声が上がった。熱気は苦しいけれど、時間は穏やかに流れている。

そんな中、ふと思いついたように、机の脇に立つ聡美が、ポン、と手を打った。

「何にも悩みがないんだったら……。せっかくだし、数学的な相性でも占ったら？」

「えっ、相性って、葵と浩介さんの？」

「おお、それはいい！　聡美ちゃん、ナイスなアイディアだ！」

無駄に高いテンションで、浩介さんは指を鳴らした。葵は、その隣でちょこんと首を傾げる。

「そんなこと、できるのかな?」

「いや、私は知らないけど」

即答する聡美。なんとも無責任な人である。遥はため息を吐いた。

「勝手なこと言って……。だいたい、数学屋が占いを信じちゃダメでしょ」

遥はチラッと宙をうかがう。あやふやで、根拠がなくて、うさんくさい。占いは、数学的な考え方のちょうど反対にある。少なくとも、遥はそう考えていた。

「そうとも限らないよ」

ところが、宙は静かに首を振った。意外すぎて、遥と葵は目を丸くし、聡美でさえも眉をひそめる。唯一、浩介さんだけが、楽しい物語を前にした少年みたいに、ニコニコと笑っていた。

「『占いは当たらない』ということを、僕は数学的に証明したことがない」

机を囲む他の四人に、宙は説明する。

「占いは当たるかもしれないし、当たらないかもしれない。だから、僕は占いを否定も肯定もできないんだ」

冗談か何かかと思った。だけど、コイツはいつも通りの大真面目な顔。

納得できずに、遥は食いつく。

「でも、占いが非科学的だっていうのは、常識でしょ」

「常識がいつも正しいとは限らない。いくら非科学的に見えようと、証明されない限り、間違っているとは言い切れないよ」

間髪《かんはつ》を容れず、宙の反論。眼鏡のズレを鉛筆でクイッと直すと、彼の額で汗が光った。

「『オイラーの予想』を知っているかい？」

葵と浩介さんが、そっと互いの顔を見た。当然、知らない。聡美も静かに、首を横に振る。

ここ一年間、数学をそこそこ勉強してきた遥だったが……「オイラー」は知っていても、「オイラーの予想」が何を指すのか分からなかった。

四人の反応をたしかめてから、宙はノートに鉛筆を走らせる。

「この方程式には自然数解がない、という予想さ」

$$x^4+y^4+z^4=w^4$$

ノートに記されたその一行を、遥たちは頭をぶつけそうになりながら覗き込む。見た目は「三平方の定理」――「$a^2+b^2=c^2$」にどこか似ている。けれど、似ているだけで複雑さは段違いだと、遥にもひと目で分かった。数式それ自体から、解かせまいとする意志のようなものが発せられている。

「レオンハルト・オイラーが亡くなったのは一七八三年。それから二〇〇年以上もの間、この方程式の自然数解は発見されなかった」

宙は、ノートの上の方程式を慈しむように、そっと指でなでる。

「自然数」というのは、一以上の整数のこと。オイラーは、x、y、z、wが一以上の整数である限り、「$x^4+y^4+z^4=w^4$」は絶対に成り立たないと予想したわけだ。

そこまで理解してから、遥が先を促す。

「じゃあ、その予想は正しかったの？」

「誰もが正しいと信じていた。でも一九八〇年代になって、解が見つかったんだ」

宙はノートを手に取り、ペラペラとめくった。やがて、目当てのページを見つけたのか、再びノートを四人に見せる。

無数のアルファベットと記号が、縦横無尽に躍るページ。その中ほどに、それらの数値は行儀よく並んでいた。バーコードの下とかに書いてあっても違和感がなさそうな数字だった。

$x = 2682440$

$y = 15365639$

$z = 18796760$

$w = 20615673$

「これが、『オイラーの予想』を覆《くつがえ》した自然数解だよ」

そう言われても、すぐには信じがたかった。xは七桁、他は八桁。方程式の解としては、まさに怪物的な大きさだ。

しかも、それを四乗する。

「こんなの、どうやって見つけたの？」

「コンピュータでしらみつぶしさ。何年もかけて計算して、ようやく発見したらしい」

遥の疑問に、宙が答える。コンピュータが何年もかかる計算。紙に書いたらどれくらいになるのだろうかと想像し、遥は軽い目眩を覚えた。

そのスケールに圧倒される四人。少し間をとってから、宙が先を続ける。

「人々は、ものすごく長い間、『自然数解はないだろう』と信じていた。けれど、約二〇〇年も経ってから解が見つかったんだ。こういうことが『占い』という分野でも起こらないとは、限らないでしょう？」

　ようやく話が戻ってきた。占いの話だったことを、遥は半ば忘れていた。

「君たちの中に、占いには絶対に根拠がないと、証明できる人はいるかい？」

　四人は、反論できなかった。占いなんて当てにならない。それは、多くの人が感じていることだけど……。じゃあ、本当に当てにならないのか、きちんと証明するとなると難しい。

　机の横に立つ聡美が、感心したように「なるほど」とつぶやく。そして、こんなふうに続けた。

「ツチノコの存在を証明した人はいないけど……。同じように、ツチノコが絶対にいないって証明できた人もいない。つまりは、そういうこと？」

「うん、その通りだよ」

　満足そうに、宙は鉛筆を振った。生徒が予想の上を行く答えを返してきたときの、教師みたいな顔だった。ここでツチノコの例を思いつけるのは、さすが聡美である。突飛だけど、非常に分かりやすい。

　ツチノコは存在しない、というのは常識だとしても。絶対に存在しないのかどうかは、日本中、いや世界中の山・森林・草原・藪・ジャングルその他諸々を隈なく調べないことには証明できない。それと同じだ。「絶対」を証明するのは、簡単なことじゃない。

宙は額の汗を拭ってから、またお茶を口にした。しゃべり続けている上、暑苦しい黒の長袖なんて着ているから、すぐ喉が渇くのだろう。

「他にも、例えば発明家のエジソンだって、大真面目に『死後の世界』というものを研究していた。人類史上、『死後の世界はない』と証明できた人は、一人もいないわけだからね。誰も、彼を笑う権利を持たないんだ。占いだってそうさ。『当てにならないに決まってる』なんて言っちゃいけない。『決まって』なんていないんだ。まだ見つかっていないだけで、実は根拠があるかもしれない。そう考えると、けっこう面白いよね」

「へぇ、案外ロマンチストなところもあるのね」

うちわを動かす手を止めて、聡美は微笑む。宙は、眼鏡の奥の両目を、どこか遠くを見るように細めた。言葉の手触りをたしかめているようだった。

「数学者は、けっこうみんなロマンチストだよ」

いや、どこか遠く……というよりも。過ぎ去った時間に目を向けているような、そんな雰囲気だった。それが、遥と知り合うより前なのか、後なのか。訊いてみようかと思ったが、タイミング悪く浩介さんが口を開いた。

「なるほどね。やっぱり面白いな、宙君は」

黙っていればけっこうモテるであろう男子高校生は、テレビCMに出てくる俳優みたいに、妙に爽やかな笑顔を振りまいている。葵が横から、口を挟む。

「実はコウ君ね、去年からずっと、『宙君に会ってみたい』って言ってたの」

「おい、恥ずかしいからやめてくれよ」

浩介さんが、顔の前で大袈裟に手を振る。さすがの宙も、どう反応すべきか分からないようで、ただ「ふむ」と言っただけだった。

「他意はないんだ。ただ、俺の周りにいないタイプだから、話してみたくって」

慌てて付け加える浩介さん。いや、他意があるなんて、誰も思ってないけど。

そんな浩介さんを、聡美は非常に面倒くさそうに眺めていた。が、やがて思い出したように宙に向き直り、散々脱線した話を戻す。

「それで？　結局、数学で占いはできるの？」

「ああ、そのことなんだけどね」

宙は、鉛筆のお尻をこめかみに当てる。

「例えば、紀元前のピタゴラス学派の研究に端を発する占い――『数秘術《すうひじゅつ》』なんていうものを、君たちに試してみることは可能だよ。でも、もしも恋愛の相性を占って『相性最悪』って診断されたらどうするんだい？　もしかして別れるのかな？」

「まさか」

即座に否定してから、遥はチラッと、葵と浩介さんに目をやった。長身の彼氏と、小さな彼女は、二人してキョトンとしている。もう一年半以上も続いている、お似合いのカップル。

宙が、安心したようにニコリと笑う。

「そうだよね。占いを信じて別れたりはしない。だったら、初めから占う必要なんてないんじゃないかな？　自分たちの相性は、自分たちが一番知ってるはずだから」

葵と浩介さんは顔を見合わせ、すぐに、照れくさそうに目を逸らした。遥は心の中で「このバカップルめ」と罵ってみるが、口元が緩むのを抑えきれない。

そばに立つ聡美が、肩をすくめた。

「図書室にも行ったら？」

午後の四時を回って、友だちもみんな帰ったあと。乱れた椅子を元の位置に戻しながら、遥は言った。

「宙君が来たら、司書さんも喜ぶと思うよ」

「そうだね。行こう」

　宙は迷わず、鞄を持って立ち上がる。戸締まりのため窓を閉めたせいで、教室は蒸し器の中みたいに暑くなっている。陽が傾いてもこれだから、夏というのは本当に恐ろしい。遥と宙は、逃げるように教室から退散し、図書室のある一階へと向かう。

　この学校は、どうして教室にクーラーを設置してくれないのだろうか。遥は一瞬、今からでも先生に抗議してやろうかと思ったけど、夏が来るたびに誰かが文句を言い、そのたびにはぐらかされていることを思い出し、ちょっと顔をしかめる。

　そして、図書室に足を踏み入れたら、抱いた不満は、道端の泥砂《でいさ》が雨で流されるみたいに消えていった。校内でも限られたクーラーの恵みが、遥の肌から熱気を取り去ってくれた。砂漠にオアシス、真夏に図書室である。

「ご無沙汰しております」

「あら、神之内君じゃない！」

　カウンターの中で、一人の女性が驚いた声を上げる。髪をきちんと黒染めして後ろでまとめた、元気そうなおばあさん。この図書室の司書さんだ。

　閲覧机で本を読んでいた生徒たちが、司書さんの声に反応して顔を上げる。が、彼女は特に気にするふうでもなく、満面の笑みを向けてくる。いつも通り、笑うと顔のしわが五倍くらいになるけれど、そのすべてから優しさが溢れ出て見えた。

「相変わらず暑そうな恰好ね。いつ帰ってきたの？」

「三日前です」

「転校したって聞いたときはびっくりしたわよ。ちゃんと言ってくれなきゃ」

「はい、あのときはすみませんでした」

宙はぺこりと頭を下げる。その点については、司書さんだけじゃなくてクラスみんなに謝ってほしい。遥にいたっては、授業をすっぽかして汗だくになって駅まで走り、なけなしのお小遣いをはたいて成田空港に急行するはめになったのだから。

「せっかく来たんだから、何か借りていきなさいよ」

「そうしたいんですが、来週には大磯を離れなくてはいけないんです」

「あら、そうなの？」

司書さんは、一瞬だけ残念そうな顔をしたが、すぐにしわくちゃな笑顔に戻った。

「じゃあ、おススメの本教えてあげるから。帰る前に、本屋で買っていきなさい」

こちらの返事を聞く前に、司書さんはさっそくカウンターの内から出てきて、本棚の方へ歩いていく。宙も宙で、文句も言わずについていくから、別に嫌でもないようだ。

それにしても、この二人はどうして仲がいいのか、遥にはまるで分からない。

「神之内君、小説とか読む？」

「いいえ、あまり」

「読んだ方がいいわよ。あなたくらいの年齢だと、おススメはこれとか、これとか」

司書さんは小説の棚から次々と本を取り出し、宙に表紙を見せていった。宙は、一つひとつに顔を近付けてはじっと眺める。だが、どうもあまりピンときていないようだった。数学の本は大量に読んでいる宙も、小説に向ける視線はおずおずとしたものだ。

そうして、しばらく司書さんのおススメ本を見比べていた宙は、ふと、棚の端の方に視線を向けた。彼が何も言わずに手を伸ばすと、一冊の本が、何の抵抗もなくスルッと抜けた。

宙が手に取った本を見ると、司書さんは目をパチクリさせた。

「あら、神之内君、森鷗外《もりおうがい》なんて興味あるの？　難しいわよ」

「いえ……。たまたま読んだことがあったので、懐かしくて」

宙は色褪せた文庫本を見つめる。遥が何気なく表紙に目をやると、たった一文字のタイトルが目に飛び込んできた。

雁《がん》
言うまでもなく、読んだことのない本だった。というか、その古風な雰囲気からして、中学生が読む本には見えない。

「面白かった？」

感心したような顔をして、司書さんが尋ねる。宙は、『雁』を丁寧に本棚に戻した。

「よく分かりませんでした。『数式が出てくる』と聞いたから読んでみたのですが、出てきたのはほんの一瞬だけで」

「そうでしょ。だって近代文学だもの。あなたにはまだ早いわよ」

顔のしわをまた五倍くらいにして、司書さんは笑った。それから、再び本棚に向き直って小説を選びはじめる。宙は引き続き、黙って司書さんの差し出す本に、順々に目を落としていった。

遥はそのまま、しばらく宙と司書さんのやり取りを横で見ていた。すると不意に、胸ポケットに入れたスマホがブルブルと震える。着信である。表示された名前を見て、遥は少しだけたじろいだ。ためらってから、一人で廊下に出る。

「もしもし？」と応じると、とたんに電話の主は、挨拶もなしにこう訊いてきた。

「今どこだ？」

「えっ？　学校だけど」

「宙も一緒か？」

いきなりの質問攻め。「親しき仲にも礼儀あり」というけれど、遥にとってこの男は、親しいと思いたくない相手だし、おまけに礼儀も知らないときている。電話を切ってしまおうかとも思ったが、あとで何を言われるか分からないから、踏みとどまった。

「うん。図書室で司書さんと話してる」

「そうか。今から行くから、待ってろ」

「あ、ちょっと……」

ブツッ
切られた。ひどく一方通行な会話だった。

遥はげんなりとしつつ、図書室に戻る。司書さんがいくつかの本を手に熱心にしゃべり、宙が真剣な目をして聞いている。八百屋のおばあさんと、それにつかまったお客さん、というふうに見えなくもない。

「今から翔《かける》が来るってさ。もうちょっと待ってて」

遥がそう言うと、宙は眼鏡を押し上げ、ホッとしたような顔になった。

「ああ、良かった。今日は会えないのかと思っていたよ」

「あんな奴、会わなくたっていいのに」

「そんなわけにはいかないよ。大事な友だちだ」

恥ずかしげもなく、宙はきっぱりと言う。本当に、小さな子どもみたいに素直な人だ。だから、みんなに慕《した》われているのかな。

ちょっと背の伸びた数学少年を、遥はそれとなく見つめる。

よく考えれば、大磯で過ごした期間は三か月もなかった。それなのに、こんなにたくさんの人が会いに来る。

これって、すごいことだよ、宙君。

一分前に感じていた、翔に対する苛立ちも忘れて、遥はそっと微笑んだ。


結局、「今から行く」と言われてから三〇分以上も待った。ＬＩＮＥを送っても既読がつかないし、通話もできないし……。もう帰ろうか、と思ったところで、ようやく坊主頭の少年が姿を現した。野球用具を入れた大きな黒いバッグを肩から提げ、同色のバットケースを担いでいる。

図書室の前でムスッと立っている遥を見つけると、翔は片手を上げた。

「よぉ」

「遅い」

「わりぃな、試合会場から直接来たんだ」

翔はバッグを廊下の床に下ろした。ああ、そっか。今日は野球部、地区大会って言ってたっけ。半袖のワイシャツから伸びるあの腕には、疲労がたまっているのだろうか。だからといって、待たせたことを許したりはしないけど。

「で？　勝ったの？」

「ああ、勝った。県大会進出だ」

「おめでとう」

「いや、こっからが勝負だ」

ぶっきらぼうに、翔が答える。謙遜《けんそん》のつもりか、それとも本気でそう思っているのか。いずれにせよ、地区大会で負けてしまった人間にとっては、けっこう引っかかる言葉だ。

遥が口をとがらせていると、翔はそれに気付いたようだった。

「言っておくが、『ソフト部の分まで頑張る』なんてことは言わないぜ？」

「うっさい。余計なお世話」

相手に負けないくらいぶっきらぼうに、遥が言い返す。負け犬の遠吠えに聞こえないよう、気をつけながら。

遥は昔から、翔のことが苦手だ。野球部のキャプテンで、男子からの人望はあるんだけど、目つきが刃物みたいに鋭く、口調も荒っぽい。性格は基本的に冷たいが、そのくせ妙に義理堅いところもあって……。

要は、よく分からない男なのだ。数学屋を開く前は、翔が率いる男子グループとよく喧嘩をしていたものだ。宙がその争いを仲裁してくれて以降、いろいろあって数学屋を手伝ってくれるようになったから、一年の頃よりはずいぶん慣れたけど……。いまだに、どう接していいか困ることが時々ある。より正確に言うと、ムカつくことが多々ある。

今日もまたもう少しで、かち合った視線の真ん中で火花が散りだしそうだった。幸い、喧嘩の火ぶたが切られる寸前、宙が図書室から出てきてくれた。中から気配を察したのだろうか。ナイスタイミングだった。

「おう。元気そうじゃねぇか、宙」

「うん、久しぶり。それから翔君、この前はありがとう」

「そんなにあらたまんなよ」

翔の日焼けした顔が、なんともおかしそうな笑みを形作る。この二人の間にも、「男の友情」なるものが存在するのだろうか、なんて、どうでもいいことが頭に浮かぶ。

ん？　ちょっと待って。この前？

「この前って、何？」

会話の列車に置いていかれそうになって、遥は慌ててしがみついた。翔は「ん？」と眉をひそめると、チラッと宙に目配せする。宙が意味ありげに頷くのを確認してから、翔は口を開いた。

「ソフト部の試合日程を訊かれてな。こっそり教えてやったんだ」

「えっ？　訊かれたって、誰に？」

「誰って、宙に決まってんだろ」

「いつ？」

「今月の頭くらいだったかな」

翔は面倒くさそうに、坊主頭を片手でかいた。遥が顔を向けると、宙はばつが悪そうに目を逸らす。

なるほど。これで、宙がなぜ地区大会のことを知っていたかが分かった。

しかも今月の頭といえば、ちょうど宙からの連絡が途絶えた頃。

「驚きを半減させたくなかったからね」

「おもしれぇことするよな、お前も」

翔が、宙の頭を何度か小突く。反応に困ったように、宙は首をすくめて頭を押さえている。こういう男子中学生的なノリには、きっと不慣れなのだろう。

「それで、どうなんだ、アメリカでの生活ってのは。どんな勉強をしてるんだ？」

「今は、主に微分方程式だね」

「ビブンホウテイシキ？　なんだそりゃ」

「高校で習う微分積分《びぶんせきぶん》の、より発展的な内容、といったところかな」

「そもそも微分積分だって分からねぇぞ」

「そうだな、例えば……」

首を傾げる翔に、宙は慎重に言葉を選んで説明する。翔も、学年で上位の頭脳を持っているが、さすがに宙には遠く及ばない。多分、坊主頭の中にある脳細胞をフル稼働させて、必死に話についていこうとしているのだろう。……と、そんなことを考えていたら、遥はあっという間に振り落とされた。

前に、スカイプで説明してもらったことがあるんだけど。どうやら大学レベルの内容らしくて、何度聞いても理解できない。

だけど。

数学を語るときの宙の、活き活きとした横顔を。遥は、もう少し眺めていたいと思った。

いつの間にか、空には一番星が輝いて、夕方と呼ばれる時間帯は終わりに向かっていた。太陽は熱気を引きつれ、すでに山の向こうへと隠れてしまっている。吹き付ける風も、昼間よりも優しさを帯びている気がする。

翔は、宙と満足いくまで話し込むと、一人で先に帰っていった。遥と宙は、輪郭のおぼろげになった校舎の脇を、並んでゆっくりと歩いていく。昇降口から正門までの、短い道のり。

正門をくぐると、二人は立ち止まった。宙の泊まっているホテルは、遥の家とは反対方向にある。

さすがに、家まで送るよ、とは言ってくれないか。

やや物足りなかったが、相手が宙では期待するのも酷である。今日は、ここでお別れだ。

「ありがとう。本当に楽しかった」早くも灯った街灯で眼鏡を光らせ、宙は言う。「欲を言うなら、真希さんともゆっくり話したかったけどね」

それについては、遥も同じように残念に思っていた。試合のあとは、結局、大して話すことができなかったから。

ちょっと黙って考えてから、遥は思い切って尋ねてみた。

「宙君、まだ大磯にいるんでしょ？」

「えっ？　うん、東京に移動するのは、次の日曜日だからね」

「だったら真希も呼んで、もう一回みんなで集まろうよ。どこか行きたいところはある？」

「行きたいところ……」

そうつぶやいて、宙は天を見上げた。訊いてみてから、失敗だったかなと、遥はほんのちょっぴり後悔する。

正直、どんな答えが返ってくるのか、遥にはまったく予想もつかなかった。ショッピング？　映画？　食べ放題？　それともカラオケやボウリング？　いろいろ思い浮かべても、どれ一つとして宙のイメージにそぐわない。

とんでもないことを提案されたらどうしよう。かすかな不安が雨雲みたいに、遥の胸にモクモク広がる。

そして、そんな遥には気付かぬ様子で。宙はポツリと言った。

「トウモロコシ……」

「へ？」

「……トウモロコシの収穫というのを、やってみたいな」

遥は。

予想外の答えにうろたえる……ことはなかった。

むしろその回答は、他に選択肢を思いつかないくらい、しっくりと遥の手の中に収まった。

――夏休み、収穫を手伝いにおいでよ。

――収穫って、僕にもできるのかな？

――簡単だよ、誰でもできる。

去年の夏。

二人で交わした何気ない会話が、遥の胸を、涼風のように通り抜けた。

なんでも訊いてみるものだなぁと、遥は思った。

宙が大磯に滞在するのは、あとほんの数日。その数日とトウモロコシの収穫時期、なんとか重なってくれたりはしないだろうか。そんな図々しい願いを抱きつつ、遥は知り合いの農家のおばあさんに電話をかける。

「お気持ちは嬉しいんだけど……、収穫はもう少し先なの」

電話の向こうで、おばあさんが申し訳なさそうに言った。遥はがっくりと肩を落とす。

そりゃそうか。トウモロコシだって、遥や宙の都合に合わせて育ってくれるわけじゃない。土とか、肥料とか、天候とか、そういうものの「数値」を全部ひっくるめて、その「解」として生長する。計算が終わった後に願ったところで、その解が変わるはずがないし、変わってくれても困る。

「そうですか……。ありがとうございました」

仕方なく、遥はしおれた声でお礼を言って、受話器を置こうとした。

ちょうど、そのときだった。

「あ、そうだった。お隣の仲手川《なかてがわ》さんのところなら、明後日、収穫にかかるって言ってたわよ」

耳を離しかけた受話器から、おばあさんの声が飛んできた。地獄で仏に会ったように。

遥はパッと声を明るくする。

「本当ですか⁉」

「ええ。電話で確認してみたら？」

嬉しくて、遥はスキップでもしたい気分になった。

たしかに、大磯の農家が全部、申し合わせたように同じ日に収穫をするわけではない。

捨てる神あればなんとやら、である。

仲手川さんというおじいさんと、遥は話したことがなかった。にもかかわらず、教えてもらった番号にかけて、事情を説明したら快くオーケーをもらえた。というか、諸手《もろて》を上げて喜んでいるのが、電話越しにも伝わってきた。農業を手伝いたがる若者なんて珍しいからだろう。嬉しい半面、跡取り不足の現状を思い出して、遥はちょっとだけ、胸のところに何かが詰まったような気分になった。

何度もお礼を言って、電話を切る。それから、遥はさっそく、宙のパソコンアドレスにメールを送った。

To　神之内宙
Sub　トウモロコシ
収穫のこと、聞いてみたんだけど。
仲手川さんのところのトウモロコシ畑、明後日しゅうかくするって！
手伝いに行きたいって言ったら、オーケーもらったよ！
宙君、来られそう？

From　神之内宙
Sub　Re：トウモロコシ

うん、行ける。

To　神之内宙
Sub　よかった！
じゃあ、朝9時に正門集合！
真希と、他にも来られる人いないか聞いてみるね。

From　神之内宙
Sub　Re:よかった！
お願いします。

最低限の言葉だけが、遥のスマホに返ってくる。別に不機嫌なわけではなく、宙の返信はいつもこうなのだ。なんだか何もつけない食パンみたいで、味気ないと思っていたが、今ではすっかり慣れてしまった。むしろ慣れすぎたせいで、最近は女子同士でＬＩＮＥをやり取りするときとかに、無意識にそっけない文面になってしまったりする。宙の影響だと思うと、なんだか無性に恥ずかしくて、そういうときは必ず、慌ててスタンプを追加で送信。

メールの文面からは、全然伝わってこないけど。トウモロコシの収穫を、宙は楽しみにしているのだろうか。

ちなみに遥は、とても楽しみだ。心が跳ねて窓を抜け出し、今から畑に飛んでいってしまいそう。

その夜、遥はウキウキと弾む想いを抑えつけるのに、ずいぶんと苦労した。


そんなに、楽しみにしていたのに。

当日、仲手川さんの畑を前にして、遥はムスッとした顔で突っ立っていた。

メンバーは、誰一人遅れることなく揃った。軍手も持ってきたし、蜂よけのため、服装は白地のシャツを選んできた。日焼け止めも塗ったし、麦わら帽子もかぶった。

準備万端。足りないものは何もない。

ただ、足りないものがない代わりに、余計なものが交ざっていた。

「ほら、宙。ちゃんと軍手つけなきゃ」

そんなふうに、数学少年に声をかけているのは、あの茶髪の女の子――明日菜である。

宙は、思い出したように軍手を取り出し、苦戦しながら手にはめる。その様子を、遥は少し離れたところから黙って眺める。

東大磯中の三年生のうち、宙と親しかった人を呼んで思い出作りをする……。遥は、そんなつもりでいたんだけど。どうやら宙は、明日菜にもメールで知らせていたらしい。だからって、見知らぬ人ばかりの集まりに飛び込んでくるとは。この明日菜という女の子、よほど積極的なのか、それとも何も考えていないのか。本人はキャップ帽の下でへらへらと笑っているだけなので、どちらとも判断がつかない。

はたして、この女は宙の何なのか。東京にいた頃の友だち？　そうだとしても、こう頻繁に大磯を訪れるのも変な話だ。わざわざ東京から通ってくるってことは、よっぽど宙と親しいってことに……。

そこまで考えて、遥は頭を振った。肩にかかった髪が、その拍子にサラサラと揺れる。やっぱり、宙が東京へ行く前に、何としても問いたださねばならない。

高く昇りはじめた太陽の光を受け、葉に露を載せた一面のトウモロコシが、宝石つきのドレスをまとったみたいに輝いている。ワイルドな赤髭を垂らしてまるまる太り、収穫してもらえるのを待っているようにも見えた。遥は麦わら帽子に手をかけて、緑の海原を遠くまで眺めた。もちろん、今日収穫するのは、このうち一部だけだ。土と肥料の匂いが、鼻を刺激する。

「今日は集まってくれて、どうもありがとう」

このトウモロコシ畑の持ち主・仲手川さんが、集まった中学生たちに声をかける。六〇半ばくらいのおじいさんで、小麦色に日焼けした顔と、そこに刻まれたしわは、山中にそびえる古木を彷彿とさせる。いかにもベテラン、といった風格だ。

「手伝ってもらう作業は、収穫と土作りです。トウモロコシをもいだら、残った茎を引っこ抜いて土に埋めて、肥料にします」

仲手川さんの説明を、遥たちは黙って聞く。遥にとっては、よく知った流れだ。この畑ではないけれど、遥は毎年、夏休みの収穫を手伝ってきたのだから。

今日収穫を手伝うのは、遥と宙、真希、明日菜、そして秀一《しゅういち》。

吹奏楽部の秀一は、その真っ白い肌を見れば分かる通り、暑さが大の苦手だった。真夏の太陽の下に立っているだけで、その野菜のようにひょろ長い体はゆで上がってしまいそうだ。真っ白い顔はすでに汗で覆われて、氷水を入れたコップみたいになっている。

心配になって、遥は声をかけた。

「秀一、もう辛そうじゃん。無理そうなら休んでてもいいんだよ」

「馬鹿にしないでいただきたい。手伝うからには、全身全霊を懸けて収穫に専念するつもりだよ。休んでなんていられない」

蒼白になった顔を上げて背筋を伸ばし、秀一はきっぱりと答えた。糸みたいに細い目の奥には、悲壮な決意が垣間見える。しかし、そんな命がけみたいな覚悟で臨まれると、こっちが困る。

秀一は元二年B組だけど、この間は部活があって教室に来られなかった。宙もまた会いたいと言っていたから、今日は、半ば無理やりに引っ張ってきたわけだ。

ちなみに去年の秋、不登校になった聡美を助けてほしいと依頼してきたのは、何を隠そう秀一である。超がつくほどの堅物な秀一は、幼馴染みが学校に来ないのを見過ごせなかった……というのは建前で、まあ、いろいろ思うところがあったのだろう。

「ホントに平気？　すごい汗だよ？」

「無論、平気さ。汗がたくさん出るのは、体温を調節する機能が正常に働いている証拠だからね」

滝のような汗を流しつつ、秀一は胸を張る。体温の機能がどうかは知らないけど、少なくとも頭は働いているようだから、きっと大丈夫だろう。遥は、それ以上心配するのをやめにした。秀一も秀一で、遥を置いて一人でトウモロコシ畑の中に分け入っていく。

むしろ、気にかかるのは……。

「真希、大丈夫？」

収穫のために、みんなが畑の中に散らばっていく中で。遥は、真希を呼び止めてみた。振り返った真希が、とぼけた声で聞き返す。

「え？　何が？」

「だって、なんだか忙しいみたいだから。疲れてたんじゃないの？」

「大丈夫だよ。あたしを誰だと思ってんの」

真希は、帽子のつばに手をかけて、気取ったポーズをしてみせる。強がりには見えない、いつもの爽やかな笑顔。だけど、その裏側に何も隠されていないかと訊かれても、遥には確信が持てない。

それから。

あんな負け方をした最後の試合。そのショックからは、もう立ち直れたのだろうか。

「それより、遥。宙君を放っておいていいの？　ぼんやりしてたら、あの女の子に取られちゃうよ」

遥の心配をよそに、真希はニヤニヤしながら前方を指差した。宙がトウモロコシの実に手をかけて悪戦苦闘している。その隣には、明日菜の後ろ姿も見えた。

「宙、もっと強く引っ張らなきゃ」

「ふむ。引っ張るといっても、いったいどこを持てばいいんだろう？」

「どこって、ここをこうして……あれ？　あたしもうまくできないや」

トウモロコシを押したり引いたりして、明日菜はへらへらと笑う。遥は心の中で「この都会っ子め……」と毒づいた。もしや、あれはわざとやっているのだろうか。それとも、真性の天然なのか。本当に、摑みどころのない女である。

いずれにせよ、二人にしておくのは心配だ。そう思って、遥はさりげなく宙と明日菜の方へと歩み寄っていった。靴の下で、地面が柔らかくへこむ。

そうして、後ろから宙に声をかけようとしたとき。すぐ横手のトウモロコシの間から、遥を呼び止める人がいた。

「ちょっと、遥さん」

タイミングが悪い、と思ったが、まさか無視するわけにもいかない。声のする方に目を向けると、大きな葉を左右にかき分け、秀一が顔をのぞかせた。脇には、すでに収穫したトウモロコシを二本ばかり抱えている。

「どうしたの、秀一」

「どうしたの、じゃないよ、遥さん。ぼんやりしていないで手を動かしたまえ。発起人《ほっきにん》のあなたがサボタージュをしていては、僕らの立場がない」

「サボタージュ？」

いつもながら、回りくどい言葉を使う人だ。鼻息荒く、秀一はさらにまくし立てる。

「とにかく、やるからには真剣に収穫するんだ。あのおじいさんの労力を、少しでも減らして差し上げなければ。僕ら若者が力になるんだ」

「はいはい、分かった分かった、分かりました」

遥は慌てて、手近なトウモロコシに飛びついた。秀一は、模範解答に手足が生えているような人間だ。言っていることは正論で、議論したって勝ち目はない。宙に声をかけるのは、後にするしかないだろう。

遥が大人しく手を動かし始めるのを見届けて、秀一も収穫に戻っていく。けれど、足取りはフラフラとしており、今にも気を失いそうに見えた。目の焦点も合っていない。たまらず、遥は声をかけた。

「アンタ、ものすごく顔色悪いよ？　やっぱり休んだ方がいいんじゃない？」

「顔が白いのはいつものことだ。心配無用だよ」

「心配無用には見えないんだけど……。やっぱり、普段は外で運動とかしないから、きついんでしょ」

「運動したいのはやまやまだけどね。僕もこう見えて暇ではないんだ。今年の鳴立祭も、実行委員長として最大限の尽力をしていくつもりだし、もちろん受験勉強もある。そもそもあなた方だって、もう少し受験生としての自覚を持った方が……」

「あー聞こえない聞こえない」

遥は両手で、耳元を押さえた。弱っているくせに、痛いところばかりを的確に突いてくる。あまりに悔しいから、遥も「去年の鳴立祭のときには、数学屋に泣きついてきたくせに」と反撃してやろうかと思ったが、やっぱり可哀そうだからやめてあげた。

その後、遥は秀一の小言を右耳から左耳へと聞き流しながら、トウモロコシの収穫を続けた。ただし、常に宙を視界の隅に収めておくことは忘れない。ちょっと離れているせいで、宙と明日菜の会話は、聴き取れそうで聴き取れなかった。やきもきして、トウモロコシをもぐ手つきが自然と乱暴になってしまう。

視界の端っこで、真希が宙に話しかける。それに便乗しようかと思ったら、また秀一に呼び止められる。なんとか逃げ出そうと苦労している間に、真希は話を終えてしまって、宙はまた明日菜と会話を始める。

遥がようやく、宙に話しかけるタイミングを掴んだのは、トウモロコシの収穫があらかた済んで、秀一の監視からようやく解放された後だった。畑の脇に積み上がったトウモロコシの山を眺めて、宙はじっとたたずんでいる。女狐《めぎつね》がよそ見をしている隙に、遥は横から声をかけた。

「どうしたの？　なんか難しそうな顔してるね」

ピラミッドみたいに積まれた作物たちから、宙は視線を上げた。目と目がかち合い、遥の心臓がぴょこんと跳ねる。

その目は、南国の海に似て美しく透き通っている。世界に溢れる数学だけを捉える、不純物のない瞳だった。顔中についた泥すらも、彼の純粋さを際立たせる。

「反省をしていたんだよ」

「反省？」

「うん。もっと効率よく収穫する方法があったかもしれない、と思ってね」

宙は、今度は収穫の終わった畑へと目をやる。実を失ったトウモロコシの茎と葉が、高く昇った陽を受けて、濃い緑をきらめかせている。

「宙君、肩に力入れすぎだよ」

麦わら帽子に手をやって、遥は言った。ふざけた調子で、宙の背中を叩いてやろうかとも思ったが、軍手が汚れているのでやめておく。

「この際、効率が良くても悪くてもいいんだよ。みんなでこうして、思い出作りができる。それが大事なんじゃないかな？　数学は、どんな問題でも解決できるのかもしれないけど……。たまには堅いこと忘れて、はしゃいでみるのもいいと思うよ」

自分自身の気持ちを確かめるように。遥は言葉を紡いだ。

数学で世界を救うために。宙は、前進を続けている。そして、前ばかり見て走っているがゆえに、足元の小石につまずいてしまうかもしれない。大事なものを落としても気付かないかもしれない。一緒に走る仲間たちと、はぐれてしまうかもしれない。

時には立ち止まることも大切なんだと、遥は信じている。

「あとさ、いくらなんでも、こんなときまで真っ黒な服はどうかと思うよ。黒ってたしか、熱を吸収するんじゃなかったっけ？　暑いでしょ？」

「ふむ……」

指摘を受けて、宙はアゴを引いて自分の服を見下ろした。今日の宙は、胸にワンポイントのロゴが入った、黒のロングTシャツ。長袖なのは虫対策だとしても、色合いがあまりにも暑苦しい。

思えば宙は、東大磯中にいたときだって、真夏でも頑なに学ランを脱がなかった。鴫立祭のステージに、スカイプで登場したときの服も黒だった。一昨日着ていたのも黒だし、今日も黒。

よっぽど黒が好きなのだろうか。

そういう変なこだわりがあるのも、宙君らしいのかも。

「ふぅん」

唐突に、二人の間に架かった橋をひょいと取り外すように。明日菜が、横から割り込んできた。表情だけを見れば、キャップ帽の下でへらへらと笑っている。まるでお面でもかぶっているかのように、それが本当の笑顔なのかどうかは疑わしかった。感情の伝わってこない、うすら寒いほど不気味な笑み。

身構える遥に、明日菜は気安く声をかけてくる。

「だいたい分かったよ。あなたは、宙のことを何も理解してないんだね」

「は？」

思わず語気を強めてしまった。胸とお腹の間辺りが、ざわざわと騒ぐ。遥は、それが身の底から湧き上がってくる怒りだと気付いた。久しぶりに覚える感覚だった。

「何言ってんの？　意味分かんない」

「そのまんまの意味だよ」

「どういうことなのか、言ってみてよ」

「う〜ん、分からないなら、分からないままでもいいと思うよ」

遥が強い口調で問うても、明日菜はそのすべてをヒラヒラかわしてしまう。木の葉みたいな女だと、遥は思った。そして、薄っぺらい木の葉ならば、相手にするだけ無駄である。

遥は、眉をひそめて宙に目を向けた。宙の友だちらしいこの女が、訳の分からないことを言ってくる。当然、宙が助け舟を出してくれるはずだ。そう信じて、疑っていなかった。

それなのに、宙の口から飛び出した言葉は、遥の期待していたものとは違っていた。

「明日菜さん。遥さんを責めないでほしい。悪いのは僕だ。僕は遥さんに、一つ嘘を吐いている」

え……。

遥は一瞬、呼吸を忘れた。束の間、音も、色も、一切が消える。遥の周囲だけが、時の流れから置き去りにされたようだった。

嘘を吐いている？

宙君が、あたしに？

泥の沼の中で足を動かすように。思考が、もどかしいほどのろのろと進む。その上、どの思考も解決へ向かうわけではなく、壊れたおもちゃみたいに同じところをぐるぐる回る。

それっていったい、どういうこと……？

そう声に出して、尋ねようと思った。

けれど、喉から飛び出しかけた疑問を、遥は呑み込まざるを得なかった。

「あっ……！」

トウモロコシの畑の中から、短い悲鳴が響いてきた。遥も、宙も、明日菜も、声のした方へ一斉に目を向ける。

トウモロコシの葉の中に、真希がポツンと立っていた。右手に、草を刈るための鎌を携えて。困ったように眉をハの字にしている。

次の瞬間、背筋が凍った。鎌を持っていない左の軍手の先に、何か赤いものがチラリと見えている。赤は、見る見るうちに面積を増やし、やがて、人差し指の先端を覆い尽くした。

蛇の舌先を連想させる、真っ赤な血。その色合いは遥の目に鮮やかに焼きつき、頭を、胸を、容赦なく揺さぶった。天上から降り注ぐ太陽光が、急に、肌に嚙みついてきたように意識される。

――僕は遥さんに、一つ嘘を吐いている。

遥は強い目眩を感じて、その場に座り込んでしまった。

解の二

計算通りの、喧嘩の結末

付き合い始めて半年。初めての喧嘩だった。

明日菜は、感情が顔に出にくい。このときも例外ではなく、いつも通りへらへらと笑っているだけだった。が、その笑顔の裏のそのまた奥で、すさまじい暴風雨が荒れ狂っている。他のどんな感情も、中に放り込んだとたんにぐちゃぐちゃになり、元がどんな形をしていたのか分からなくなる。

怒っているのかと訊かれても、分からなかった。彼女はただ、混乱していた。

そしてその胸の内を、クラスメイトは誰も知らない。たった一人を除いては。

朝のホームルームが始まる前。明日菜は心の内の嵐をまるで見せずに、いつものグループの仲間と笑い合って、昨日見たバラエティ番組の話に花を咲かせていた。そして友だちが、番組に出ていた誰それがカッコいい、と力説しているときに、大智が教室に入ってきた。

その姿を、明日菜は目の端でとらえる。大智は一見すると、三日前とも一週間前とも一か月前ともまるで変わらない様子で、クラスの一人ひとりの挨拶に応じていた。途中で、本を読んでいた神之内の頭を、後ろから小突く。

唯一、いつもと違って。大智は席に着く前も着いた後も、明日菜の方には一瞬たりとも顔を向けなかった。わざとらしいほど、徹底的に目を逸らしている。明日菜も横目で見るだけで、視線は投げない。

なんで、こんなことになっちゃってるんだろう。

笑顔の裏で、軽い頭痛を覚えた。


原因は二つあった。地震が起こるときは、まず小さなP波が来てから、時間差で大きなS波が来るらしいけど、ちょうどそんな感じ。小さな原因は明日菜のせいで、大きな原因は大智のせい……と、明日菜は思っている。

P波が来たのは、先週だった。大智があまりにも足しげく図書館に通うものだから、明日菜はそのことを友だちに話してみた。ただの笑い話の種として、何の気なしに。

すると、大智と小学生のとき同じクラスだった女の子が、こんなことを口走ったのだ。

――白石君って、初恋の人に会うために図書館に通ってるんじゃなかったっけ？

聞き捨てならない言葉だった。

初恋？　それっていつの話？

詳しく尋ねようにも、その女の子も噂程度にしか知らないようだった。あとに続くのは適当な憶測ばかりで、すべて右耳から左耳へと聞き流す。

これだけでは、嘘なのか本当なのかさえ分からない。明日菜はその日の帰り道、直接問い詰めることにした。

「図書館に、初恋の人がいるの？」

へらへらとした笑顔のままで、明日菜は単刀直入に尋ねた。大智がうろたえ、視線を左右に動かすのが分かった。人差し指で頬をかく。この人にしては、珍しい反応だった。

「誰がそんなこと言ってたんだ？」

「いいでしょ、誰でも。それより、ホントなの？」

「恋とか、そんなんじゃねーよ。小学生の頃だからな」

大智は、不自然に足を速めた。後ろ姿を見るだけで、動揺が伝わってくる。

「ふぅん。ホントに？」

「ああ、本当だ。それに昔の話だ」

「でも、昔っていっても、あたしたちって一年前は小学生だったわけでしょ？」

先を歩く背中に向かって、明日菜は声を投げた。怒っているわけではなかった。ただ、ちょっとイジワルをしてみたかっただけ。しばらく黙ってから、大智はまた歩を緩めた。

「分かった、話すよ。話しゃいいんだろ」

観念したように、大智は言った。彼女に向かって、自分の初恋のことを話すっていうのは、いったいどんな気分なんだろう？

「小学生の頃」と聞いて、明日菜の心における嫉妬の炎は弱まっていた。ただ、このカッコいい大智にも、可愛らしい初恋があったのかと思うと、無性に気になる。明日菜は、ひと言も聞き逃すまいと真剣に耳を傾けた。

「あの図書館では、毎週土曜、小学生向けの読み聞かせの会があってな。児童文学の名作を、ボランティアの人が朗読してくれるんだ」

「その、ボランティアの人を好きになったの？」

「好きじゃねーよ。朗読を聴きに行っただけだって」

「そうなの。やっぱり年上？」

「ああ。女子大生だった」

「女子大生！」

さすがに驚いた。なんとも、ませた小学生がいたものだ。笑みがいつもより深くなるのが、自分でも分かった。

「ボランティアってさ、けっこう大変なんだよ。低学年のガキは言うこと聞かねーし。

だから俺は、仕方がねーから毎週手伝ってやってたんだ。荷物運んだり、出席カードにハンコ押したりな。それでまぁ、割といい声してやがるから、ついでに朗読も聴いてやって……」

「へー」

「なんだよ。だから、そんなんじゃねーって」

大智の頬が、かすかに朱に染まる。北風が冷たいから、というわけではなさそうだ。

「で、結局どうしたの？　好きって伝えたの？」

「バカ、そんなわけあるかよ。その人はもう大学を卒業して、就職した。ボランティアは辞めちまったよ。もう一年近く会ってない」

「連絡先は？」

「知らねー」

「ふぅん。悲恋《ひれん》だね」

「うるっせーな。だから、恋じゃねーっての」

大智はそっぽを向いて、また先を歩きだしてしまった。大智のこういう態度はなかなか見られない。なんとも微笑ましい。

　ごまかさなくたって、大丈夫だよ。

だいたい、もしもその恋が成就しちゃってたら、あたしは大智の隣にいないわけだから。

明日菜は、せかせかと進んでいく背中を追って、足を速めた。

そう、嫉妬はなかった。本当に、微笑ましいと思っただけだった。少なくとも、そのときは。

自分でも意識できない心のどこかに、溶けきらない不純物が残っていたのかもしれない。

この前の日曜日。S波がやって来た。

午前中の駅前の広場。明日菜は人の波を避けるように立ち、前日から入念に選んだセーターの上にダッフルコートを重ねて、寒さに体をタテに揺らしていた。

これから大智と電車に乗り、ショッピングに出かける約束だ。デートを近場で済ませたがる大智が、遠出に同意してくれたのは珍しいことだった。自然と心が弾む。一五秒ごとに、スマホで時間をチェックする。背伸びをして、人混みの中に大智の茶髪を捜し続けた。

待ち合わせの時間を過ぎても、大智が現れる気配はなかった。体もずいぶん冷えてきた。約束の時間をきっちり一〇分過ぎてから電話をかけると、「あ〜、今起きた」

「せっかくのデートなのに。目覚ましかけてなかったの？」

「かけてたんだが、止めちまったらしい」

「えー、ひどいなぁ、もう」

電話越しに、明日菜はたしなめた。心に怒りはない。デートの時間が減ってしまうけれど、ここでどうこう言っても仕方がないのだから。とにかく、一秒でも早く来てもらおう。

そう考えたときだった。スルーしがたいセリフを、大智があくび混じりに口にしたのだ。

「昨日の電話のせいかな……」

何気ない言葉だったのかもしれない。それでも、その言葉が明日菜の心の池に投げ入れられると、大きな波紋が幾重にもできあがった。

たしかに昨夜、二人は遅くまで電話をしていた。今日のデートの計画を立てるのが楽しくて、明日菜はついついしゃべりすぎてしまった。大智が、ずいぶん眠そうにしていたのも覚えている。

でも、それを今、言い訳に使っちゃうの？

「何それ、あたしのせいってこと？」

「まあ、半分くらいは」

電波に乗って、大智のあくびがまた届く。胸の中が、ざわついた。

あたしは、ちゃんと起きて時間通りに来てるのに。あなたは謝ってもくれないの？

胸の底から、不満がふつふつと湧く。そして、一秒後に脳裏をよぎったのは、なぜか「初恋」の二文字だった。心が、自分のものであることが信じられないくらい、トゲトゲと苛立つ。

「ふぅん、そう。じゃあ、もういいから寝てなよ」

わざとイジワルに聞こえるように、明日菜は言った。反応を聞かずに電話を切る。とたんに周りの景色が意識に入ってきて、目が回りそうになる。駅に出入りする人たちは、誰一人として明日菜に注意を向けていない。不気味だった。この世界で自分が独りぼっちであるかのように思えてくる。

明日菜は、スマホの画面にじっと目を落としてから、駅に背を向けて歩きだした。明日菜に残されたのは、急に暇になった日曜日。これからどうするべきなのか。考えは何も浮かんでこない。

家に着くと、明日菜はすぐに自室にこもった。ベッドに寝ころんでスマホを見つめる。

謝罪の電話かメールが来るかと思って待っていた。

夜まで待っても、音沙汰はなかった。

それっきりだ。

三日の間、メールの一通もやり取りしていないし、教室で目さえ合わせない。完全に冷戦状態。

こんな理由で喧嘩をするのは、はたして馬鹿げているのか。あるいは、よくあることなのか。それすら、明日菜には分からなかった。


授業が終わって、何の意味があるのか分からない帰りのホームルームも済んでしまうと、明日菜はそっと大智の席を横目で見る。彼は、数人の友人と笑いながら言葉を交わし、最後になぜか神之内の頭を軽くはたいて、教室を出て行った。やっぱり、磁石が反発でもするように、こちらには近寄ってこない。分かってはいたけれど、いい加減まいってくる。

いったい、あたしはどうしたいのかな?

一人で昇降口を出て、吹き付けてくる寒風に体を震わせてから、明日菜は自分の胸に訊いてみる。頭の中は、混乱するばかりだった。好きなのに、話しかけたくない。憎らしいのに、無視されるのは寂しい。

矛盾しているのは分かっている。けれど、どれも本心であることに違いはなかった。今にも体が左右に割れて、別々の方向へ歩きだしそうだ。そうして、左右に割れかかっている真ん中で、一つの願いが孤独にくすぶっている。

大智に謝ってほしい。

そうしたら、全部解決する。

全部解決する？

本当にそう？

――何それ、あたしのせいってこと？

――まあ、半分くらいは。

あくび混じりの声が、脳内で再生される。

半分くらいは、あたしのせい。そうなのかな。大智と話すのが楽しくって。デートだって楽しみにしてた。それだけなのに。本当に、それだけだったのに。

「うん、やっぱり大智が悪い」

夕方の街で歩を進め、明日菜は独り言を漏らした。吐く息が白くなって、澄み渡った空気の中に溶けていく。遠くに見えるビル群が夕陽に照らされ、火がついたロウソクのようになって、空の底を燃やしている。

風が吹くたびに足が痛いほど冷えた。だけど、真っ直ぐ帰宅する気にはなれない。あの家はガランとしていて、帰る場所としての魅力がない。明日菜は自宅を、ひそかに「寝床」と呼んでいる。

明日菜の家は母子家庭だ。お父さんとは、ずっと前に離婚が成立していて、「佐伯」というのもお母さんの苗字。苗字が変わったときは小学生だったけど、ずいぶん、からかわれたものだ。お母さんが仕事で忙しいから、遠足のときでもお弁当はコンビニで買った。お父さんから養育費をもらっていたから、お金はなくはなかったけど……。それでも、家族で旅行に行ったりする余裕はなかった。お母さんとも、だんだん話さなくなった。

いつしか明日菜は、ずっと微笑んでいるようになった。からかわれても、へらへら笑って反応しなければ、相手はそのうち飽きてしまう。コンビニ弁当を持っていっても、悲しそうにしなければ、友だちに変な気を遣わせずに済む。

辛いことは、笑っていればいつか終わる。お気楽な仮面をつけていれば、たいていのことはやり過ごせる。

それは、無難な生き方だった。明日菜は、自分が空っぽになっていくことに気が付いた。こうやって灰色の毎日を、楽しくても楽しくなくても、周りにあわせて生きていくんだろう。今は苦しかったり、辛かったりするこの感情も、きっとそのうちなくなってしまうんだろう。恋もせず、夢も持たず、孤独に、誰にも迷惑をかけずに死んでいくんだろう。

そんなふうに、本気で思っていた。お母さんのように傷ついて、苦しみながら生きていくくらいなら、今の生き方の方が一〇〇倍マシだと思っていた。

それが、変わった。今年になって中学に上がり、大智に出会ったから。

「ひと目ぼれ」というのとは、少し違った。たしかに、初対面で「カッコいい」と思ったけれど、それと恋とは別の話だ。「イケメンだけど、ちょっと怖くて口が悪い奴」くらいにしか思っていなかった。

本当に好きになってしまったのは、入学から一か月ほど経った頃。たまたま、彼の家の裏を自転車で通りかかったのがきっかけだった。二階の窓から降ってきた何かが、ブロック塀の上にストンと着地した。

ビックリして急ブレーキをかける。塀の上の人間と目が合った。サンダルを片手にぶら下げた大智が、猫のような姿勢でそこにいた。

――おお、いいところに！　わりぃけど、チャリ貸してくんない？

――へ……？

大智はひらりと道路に降りてくると、サンダルをつっかけ、顔の前で手を合わせた。

――嫌なら、ちょっと乗せてくれるだけでもいい。

――あ、あの……いったいどういう……。

言いかけたところで、表の玄関の方から怒鳴り声が飛んできて、明日菜は身を縮めた。言葉は聴き取れなかった。が、にじみ出る怒りだけは、否応なく感じ取ることができた。

大智が、ペロッと舌を出す。

――やっべ、来た！　ほら、後ろに乗れって！

――えっ、乗れって、これあたしのチャリ……。

――細かいことは気にすんな。

それ以上は言い返す暇もなかった。ブロック塀の向こうから、鬼の形相をした男が現れたのとほとんど同時、二人を乗せた自転車が風を切る。大智がサンダルを履いた足を回し、明日菜はその背中にしがみついた。

振り返ると、鬼はしばらく追いすがってから、やがてへばって諦めた。何か怒鳴り散らしていたが、すぐにその声も届かなくなる。

――あれ誰？　なんで追われてんの？

――ん？　ああ、俺の親父。いつものことさ。

――怒ってるみたいだけど、何したの？

――何だっていいだろ？　俺の人生は俺だけのもの。説教なんかに費やしてられるか。

ペダルを踏みながら、大智は笑った。その声が高い空に響きわたって、街全体に広がっていく。明日菜も思わず、一緒に笑った。

それ以来、明日菜は大智を気にするようになった。教室でも、気付くと彼を目で追っていた。彼はいつもクラスの中心にいた。彼の言葉は、いつだって人の心に響いた。初めは怖そうに思えた顔も、慣れれば豊かな感情表現が見てとれた。裏表があるように見えないから、誰もが彼を信頼した。

そして何より、彼は自由だった。

喜ぶときも、怒るときも、苦しむときも。いつだって、誰にも縛られることなく振る舞っていた。常に自分の生きたいように生きている。明日菜には、決してできない生き方だった。その姿が、この上なく魅力的だった。

一学期が終わる前に告白した。彼はひどく驚いていたけれど、迷うことなくオーケーをくれた。

――よろしく頼む。

ちょっと緊張した声で、そう言ってくれたのを覚えている。あの日、大智は明日菜の心の隙間を埋めてくれた。

それから毎日、夢を見ているような時間が続いた。大智の視線が、声が、想いが、自分だけに向けられている。そう考えるだけで、レモンの香りのするお風呂の中でフワフワと漂っているみたいな気分になった。

大智が愛する文学のことは、秋の終わりくらいに教えてもらった。

――ねぇ、その本、何？

大智の愛用している、黒のショルダーバッグ。そこにいつでも同じ文庫本が入っていることに気が付いて、ある日、明日菜は尋ねてみた。大智は嬉しそうに歯を見せる。

――ああ、これ？　俺の一番好きな本。児童文学の傑作だ。

ブックカバーで覆われたその本を、明日菜は両手で受け取った。タイトルは『冒険者たち　ガンバと15ひきの仲間』。勇敢なネズミが、恐ろしいイタチに立ち向かう話だと、大智は教えてくれた。

――大智って、こういう本が好きなんだね。

――おう。この本が俺のバイブル、図書館が俺の聖地だ。

そう言って満面の笑みを浮かべると、大智は文学の魅力について語ってくれた。その目は小さな子どもみたいに輝いて、空の星屑を集めたように見えた。

明日菜が「図書館にはほとんど行かない」と言うと、彼は仰天した。

——何？　そりゃあ人生の楽しみを半分失ってるぞ。仕方がねーな。今度つれてってやるよ。

迷うことなく、明日菜は頷いた。幸せだった。何時間でも、声を聴いていたいと思った。何時間でも、隣を歩いていたいと思った。

「……でも結局、喧嘩しちゃった」

つぶやきが、発したそばから白く変わる。空の光が薄くなっていくにつれて、気分も沈み込んでいく。考えたくないことに限って、頭の周りをぐるぐると回って離れない。

これで別れたら、お母さんとお父さんと同じ、喧嘩別れだ。

明日菜は力なく頭を振った。悪い方へと転がって行きそうになる思考を押しとどめるべく、忙しく歩を進める。自然と足が向くのは、いつも大智と歩く道。遠回りで、下校する生徒もほとんど見当たらない路地。このまま進むと図書館のある通りにつながっている。

大智、いるかもなぁ。

マフラーに顔をうずめて、明日菜はぼんやりと思う。同時に、図書館でボランティアをしていたという女子大生の話を思い出し、心がささくれ立ってくる。明日菜は、冷たい空気を大きく吸って、吐いて、気持ちを落ち着けた。

謝ってほしいんだけど、顔を合わせなくてはそれもかなわない。こっちから会いに行くのは嫌だけど、最近まったく話してないからちょっとは話したい。一番いいのは、図書館でたまたま出会って、大智が先に謝ってくれること。そうすれば仲直りできるし、帰りは二人で帰れるし、久しぶりにいっぱいお話できる。

そんな理想的な展開を思い描いていると、図書館の前に到着した。自動ドアをくぐって、本館の方へ足を向ける。

「まだ喧嘩中なのかい？」

ラウンジの方から聞き覚えのある声がして、明日菜ははたと立ち止まった。足音を立てないよう気を付けて、柱の陰に身を隠す。スマホをいじるふりをしつつ、こっそりとラウンジを覗き込んだ。

神之内がいつもの椅子に腰かけて、机にノートを広げている。その正面で椅子の背もたれに身を預け、両手を茶色い頭の後ろで組んで座っているのは……大智。

「ああ、どうも気まずくてな」

ギリギリ聴き取れるくらいの大きさで、大智の声が届く。ラウンジには、他にも五、六人いたけれど、大智たちの会話に注意を払っている人はいないようだった。みんな、読書やおしゃべりに夢中だ。

耳を澄ましていると、神之内がまた口を開いた。

「そもそも、どうして佐伯さんは機嫌を悪くしたの？」

「あー、俺も寝起きだったからな。ついつい、ひどいことを言っちまったわけだ」

天井に目を向けて、大智は渋い顔をした。彼の言葉は、明日菜にとってちょっと嬉しいものだった。大智は一応、自分の言ったことを「ひどいこと」だと認めてくれている。普段は口癖のように「バカ」とか「アホ」とか連呼しているくせに。

連絡を寄越さず、学校では無視をしてきたとはいっても、ちゃんと罪悪感はあったわけだ。これなら近いうちに謝ってくれるかもしれない。そう思って、明日菜はホッとしかけた。が、その後に耳に飛び込んできた会話のせいで、頭上に再び黒い雲が広がる。

「仲直りしたいんだったら、早く謝ればいいのに」

「バーカ。そういうわけにもいかねーだろ」

口をへの字にして、大智は首を振る。思わず声を出しそうになり、柱の陰で慌てて言葉を呑み込んだ。

「いいか？『半分』は言いすぎだったが、向こうにも多少は非があるわけだ。俺だけが一方的に謝ることになるとしたら、丸く収まったとは言えねーわけよ」

「ふむ。そうなのか」

納得顔で、神之内が頷く。いや、納得しないでほしい。柱の後ろから顔を半分出して、明日菜はやきもきした。

変なところにこだわる人だ。いや、人の意見に流されないって意味では、こういうところも大智らしいのかもしれないけど……。謝ってくれれば、あたしだって謝るのに。そうしたら、またいつもの通り仲良く、二人並んで歩けるのに。

「よし。じゃあ、こうしよう」

不意に、神之内が顔の前に人差し指を立てた。眉をひそめる大智に向かって、いきなり突拍子もないことを言い放つ。

「僕が数学力のすべてを使って、佐伯さんの方から謝るように仕向ける」

……は？

一瞬、神之内の言葉を脳が理解しなかった。そして、理解した後でも、その言葉と自分とが結びつかない。

あの人はいったい、何を言ってるの？

「いや、意味が分からねーよ」

すぐさま、大智は言い返した。それには、明日菜も全面的に賛同する。意味がまったく分からない。

懲りる様子を見せることなく、神之内はまた口を開いた。

「じゃあ、どちらにどれくらい非があるのか数学的に計算してあげよう。それを僕から、佐伯さんに伝える」

「アホ、そんな勝手なことを許すかよ」

「許されようが許されまいが、僕には関係ないよ」

「この、くそったれが……！」

大智は、神之内を睨みつけた。それでも、眼鏡の少年は平気な顔をして、手の中の鉛筆をクルリと回す。重苦しい沈黙が、しばらくその場を覆っていたが、やがて大智が椅子を蹴るようにして立ち上がった。乱暴な音が、ラウンジに響く。

「どこへ行くんだい？」

「帰る」

「そう」

「いいか、宙。余計なことすんなよ？」

「それは保証できないね」

トゲの生えた言葉を投げ合うと、大智はラウンジの出入り口の方へと歩いてきた。明日菜は慌てて、大智から死角になるよう、柱の陰へ陰へと回る。大智は、すぐそばを気付かずに通り過ぎた。自動ドアをくぐる後ろ姿を、黙って見送る。

しばし迷ってから、明日菜はラウンジに足を踏み入れた。いつもだったら、大智がいないなら神之内と会う理由もない。しかし明日菜の胸には、さっきの神之内の言葉が引っかかっていた。

——僕が数学力のすべてを使って、佐伯さんの方から謝るように仕向ける。

——どちらにどれくらい非があるのか数学的に計算してあげよう。

詳しくは分からないけど、どうやら神之内は、大智のために明日菜を説得して、謝らせようとしているらしい。しかも、数学的な方法を使って。

近付いていく明日菜に、神之内はすぐに気が付いた。

「やあ、佐伯さん」

「神之内君、また数学の勉強?」

「まあね」

神之内は小さく頷くと、ノートに向き直った。明日菜は勝手に、先ほど大智が座っていた席に腰かける。神之内は、構わずに手を動かし続けていた。

明日菜は、神之内があまり好きではない。数学ばかり勉強していて、なんとなく血が通っていない気がするから。きっと、明日菜をなだめるためにも、ずいぶんと冷血な方法を用意しているのだろう。

考えるだけで嫌だった。だからこそ「怖いもの見たさ」で、明日菜は話を聴いてみようと思ったわけだ。

「ああ、そうだ。ついさっきまで白石君がここにいたよ。すれ違ったりしなかった？」

「ううん、見なかったよ」

へらへら笑って、明日菜は答える。表情の変化が乏しいと、嘘を吐くのが簡単だ。案の定、神之内は少しも疑うそぶりを見せず「そう」とだけ答えた。鉛筆がノート上で、すさまじい速度で躍っている。

さあ、どう出るの？

明日菜は身構えて、神之内の次の言葉を待った。

神之内君、今は頭の中で作戦を立てているのかな？　あのノートの上では、何が起こってるんだろう？　あたしを説得するための作戦をまとめているの？　それとも、大智とあたしのどっちが悪いかを計算してるとか？

檻《おり》越しに猛獣を眺める感覚に似ていた。見たいけど、触りたいとは思わない。何を考えているか知りたいけど、共感したいとは思わない。

どうせやることもなかったので、明日菜は辛抱強く待った。

しかし、待てども待てども、神之内は特に何も言ってこなかった。その間、ラウンジにいた他の人は残らず入れ替わってしまった。カチコチと、時計の音が響いている。ときおり、そこに自動ドアの開閉音が混ざる。

神之内は、まるで最初から明日菜など存在しなかったかのように、計算に没頭している。

てっきり、何か仕掛けてくると思ったんだけど。大智のために、ひと肌脱ごうとしていると思ったんだけど。

もしかして……いつも通り勉強してるだけ？

そう気が付いて、肩から力が抜けていく。急に、自分がバカみたいに思えてきた。まったく、一人で何をやっているんだろう。小さくため息を吐くと、明日菜は立ち上がった。

そのときだった。ポケットに入れていたスマホが、ブルブルと震える。

「あれ？」画面を見た明日菜は、思わずつぶやいていた。「大智からメールだ」

神之内は、一瞬だけ顔を上げたかと思うと、またノートに目を落とした。手は、相変わらずノンストップで動き続けている。口を小さく動かして、彼はポツリと言った。

「うん、そうか」

興味がない、というよりも。予想通りだから驚かない、という言い方だった。

メールの内容は、非常にシンプルだった。話があるから、今から会いたい。絵文字の一つもない、大智らしい文面。

別れ話だったらどうしよう、と不安に思ったけど、そんな心配はいらなかった。駅前の広場で顔を合わせるなり、いきなり頭を下げられた。

――悪かった。

真っ直ぐな謝罪だった。すぐに明日菜も謝り返す。すると大智は、ホッとしたように笑った。

大智は、もしも自分だけが謝ることになったら、今後の二人の関係にもよくないだろうと思ったらしい。彼氏だけが我慢するような一方的な関係は嫌だし、きっと後味も悪いから、って。

自分を押し殺すのではなくて、自分の気持ちを正直にぶつけてくれた。明日菜は、胸が温かくなった。この人と元に戻れて良かったと、心から思った。

そして戻ってしまうと、どうして自分から先に謝ろうとしなかったのか分からなくなる。些細《ささい》なことにこだわっていた自分が、どうしようもないお子様に思えた。

「仲直りできたのなら、良かった」

ある日の放課後、図書館のラウンジで。大智が本を選びに行っている間に、神之内は明日菜にそう言った。

「もしかして、神之内君の計算通りなの？」

「うん。ああいうふうに言っておけば、白石君がどういう行動に出るかは予想できた」

なんでもないことのように、神之内は言ってのける。

「僕には、恋愛というものはよく分からない。それでも、白石君が恋愛に数学を絡ませたくないと思っているのは、分かっていたから」

だから、わざと介入するふりをしたわけか。明日菜は舌を巻いた。

神之内が明日菜に対して「数学的に」働きかけると知れば、大智はそれを阻止しようとする。具体的には、先に仲直りしてしまおうとする。

大智の性格を知り抜いていないと、決してできないことだった。なんだか悔しい。二人の問題を解決してもらったみたいで、モヤモヤする。

そんなことを気にしていると……。表情筋をほとんど動かさないで、神之内は淡々と

171

付け加えた。

「白石君が僕に相談するなんて、めったにないことだ。それだけ、君と仲直りしたい気持ちが強かったんだと思う。変な心配事が邪魔をしていたみたいだけど……。謝ることは、最初から決めていたんだ。だから、僕が背中を押したらすぐに謝った」

たしかに。犬猿の仲とも言える神之内に悩みをこぼしたということは、相当追いつめられていたってことだ。対して、神之内はきちんと応えた。しかも、大智のプライドを傷つけない方法で。

「神之内君、けっこういい奴じゃん」

今まで、少し勘違いしていたかもしれない。そのお詫びの意味も込めて、明日菜は言った。分かり合いたい、とまでは思わないけど。毛嫌いするのは悪いと思った。

神之内は、眼鏡の奥の目を少し見開いて、意外そうな顔をする。窓からの陽光で、レンズがキラリと光った。

「ところで、君にはずっと訊きたいことがあったんだ」

「えっ？」

「君はどうして、いつも笑っているんだい？」

真顔で予想外のことを訊かれて、一瞬、返事に窮してしまった。

どうしてって言われても。

正直に答えるとするなら、明日菜の家が母子家庭で、いろいろ苦労した話とか、いつも笑っていれば傷つかないと悟った話とかまでしないといけない。さすがに気が進まないので、明日菜は適当にお茶を濁すことにする。

「分かんない。そういう性格だから」

「ふむ」

難しそうな顔をして、神之内は首を傾げた。そうして、「おかしいな」とつぶやくと、独り言のようにこう続けた。

「人は、嬉しいときや楽しいときに笑うんだと、思ってたんだけど」

当たり前じゃん。そう言おうとして、やっぱりやめておいた。この人に突っかかったら、なんだか面倒なことになりそうだったから。

「悪い、待たせた」

ちょうどそのとき、小説を何冊か抱えた大智がラウンジに入ってきた。明日菜は、弾む胸を抑えつけて、笑顔で彼を迎える。

そうして、神之内の放った意味ありげな言葉など、それっきり忘れてしまった。

仲直りしてから、しばらくは前と同じ日常が続いた。変わったことといえば、大智が職員室に呼び出される頻度が少し増えたことくらいか。何かひどいことをやらかした、というよりも、日頃から積み上げている諸々が原因だと思う。

校舎裏のフェンスの隙間から抜け出して、コンビニに買い物に行ったり、ブレザーじゃなくてパーカーを着てきたり……。普通はその場で注意されて終わりなのに、まともに取り合おうとしないから……。いちいち職員室に呼び出されてしまう。

もちろん、大智が呼び出しに応じることはない。だから当然、先生から親に連絡が行く。大智は説教を逃れて寒空の下に駆け出し、夜が更けてから帰る。そんな毎日を送っていながら、友だちからの評判は凄まじく良いんだから、大人からしたら面白くないだろう。ちょっぴり、気分がいい。

明日菜はたびたび、家を抜け出してきた大智とデートした。

「くだらねー説教なんて受ける暇があったら、俺は一冊でも多く本を読む」

ある日曜日、明日菜が苦労して作ったお弁当をもぐもぐ食べながら、大智はそう言った。

「ああいうのは、大人の自己満足なんだ。ただ『叱った』っていう事実が欲しいだけだ。俺のためになるなんて、これっぽっちも考えちゃいねーよ」

そういうものなのか。明日菜には、よく分からない。

大智は最近、家を抜け出しすぎて、ご飯抜きを宣告されることが増えているらしい。枯れ葉を乗せた寒風が、二人に向かって吹きつける。運動公園のベンチは陽当たりが良い半面、風を遮る物も少ない。けど、大智と過ごせるならそのくらいへっちゃらだ。

卵焼きを口に運ぶ大智に、明日菜は問いかける。

「こんなことばっかりしてると、先生に嫌われて成績下げられちゃうよ」

「いいんだ、成績なんて。授業は聴いてるし、本も読んでる。頭の中の知識はちゃんと増えてるんだから、通知表なんていうお飾りはいらねーよ」

「でも……」

内申も下がっちゃうよ、と言いかけて、明日菜はやっぱりやめた。大智が何も考えていないはずがない。心配するほどのこともないだろう。それよりも、お弁当の出来の方が気になる。

「……おいしかった？」

「まあまあだな」

「……もう作ってあげない」

「冗談だよ、めっちゃうまかった。ごちそうさん」

大智は顔の前で手を合わせ、お弁当箱を閉めた。些細なことだけど、大智の役に立てているという事実が、本当に、本当に嬉しい。

もう少し、料理も勉強してみようかな。


大智がそれを見つけたのは、成績とお弁当の話をしてから一週間ほど経った頃だった。

図書館で五冊の児童書を借りた後、大智はいつもの通りラウンジに顔を出した。すでに日が暮れる時刻だったからか、神之内はいなかった。代わりに、彼がいつも勉強している机に、ポツンと取り残されている物があった。

近付いて、明日菜が手に取る。ちょうど手のひらくらいの大きさの、黒い電卓だった。

「宙のだな」ひと目見て、大智はそう言い切った。「忘れていったんだろ」

明日菜は内心、あきれ返った。何もない机の上に、こんな真っ黒なものが置いてあったら、忘れて帰る方が難しい。恐ろしいほどの間抜けだ。

このまま置きっぱなしにするほど、明日菜も鬼ではない。大智に持って帰ってもらって、明日、学校で返せばいいだろう。

当然、大智も同じことを考えていると思っていた。

だけど、違った。

「あの間抜け野郎の家は知ってる。面倒だが、届けてやるか」

一秒も迷わずにそう言うと、大智はサッと踵《きびす》を返した。明日菜は慌てて、コートのポケットに電卓を突っ込み、大智の後を追う。

まったく。

どうしてこの人は、喧嘩相手の方へ自分から向かっていくんだろう。

並んで歩きつつ、明日菜は心の中でぼやいた。スペインの闘牛士《とうぎゅうし》みたいに、わざわざ牛の目の前に身をさらし、戦いを楽しんでいるのだろうか。それとも、闘牛士は神之内の方で、大智はケープに向かって何も考えずに突進しているだけなのか。

「明日でも良かったのに、って思ってるだろ」

明日菜の頭の中を見透かしたように、大智が声をかけてきた。内心ドキリとしたけれど、普段と変わらない調子で答える。

「そんなことないよ」

だけど、やっぱり大智には通じないようだった。いつもの通り、彼の言葉は明日菜を一歩先から迎えてくれる。

「いいだろ、たまには。寄り道していくぞ」

素敵な提案だった。明日菜は、返事の代わりに大智の腕をとる。体を寄せて、二人は歩いた。

北風の冷たさを忘れるくらいに、明日菜は幸せだった。

そう、幸せには違いなかったんだけど。

二人の幸せの道の先に、なんとも妙な光景が広がっていた。

「あれ？　神之内君？」

最初に気が付いたのは明日菜だった。続いて大智が、眉をひそめる。

二人の視線の先には、コートに身を包んだ神之内がいた。街灯に照らされて、顔の前に浮かぶ白い息が、はっきりと見てとれる。彼は、マンションのエントランスの前を行ったり来たりしていた。建物の間を吹き抜けていく風が、妖怪のむせび泣きみたいな音を立てている。

「あれは、宙のマンションのはずだけどな」

「どうして中に入らないのかな？」

二人揃って、首を傾げる。ちょうどそのとき、神之内もこちらに気が付いたようだった。眼鏡の奥の目が、ほんの少し大きくなる。

つないだ手を離して、大智が神之内に駆け寄っていく。

「おい、どうしたんだよ？　こんなところに突っ立って」

「今は、家に入らない方がいいみたいでね」

返ってきたのは、訳の分からない言葉。遅れて歩み寄った明日菜は、どう反応すればよいのか分からず固まってしまった。

「なんだよ、またか」

大して驚きもせずに、大智はそうつぶやいた。憂いが形を取ったように、口から漏れたため息が白く変わる。

神之内の鼻の頭と、耳の先っぽが赤くなっていた。なぜか、道端で段ボール箱に入れられた仔犬を連想して、明日菜は息を呑んだ。

問三.　宙の嘘を見つけなさい

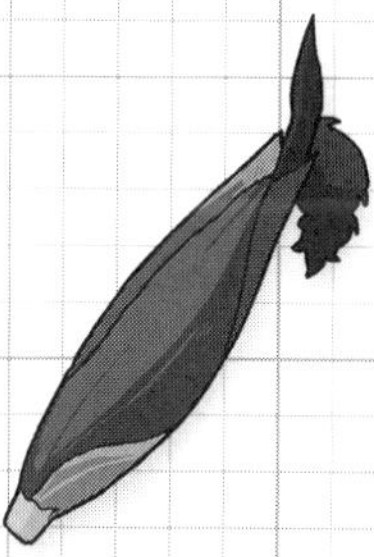

血を流したのは真希のはずなのに、重症患者のごとく扱われたのは遥の方だった。目眩に襲われて座りこんでしまった後、あろうことか明日菜に肩を貸してもらい、木陰まで連れて行ってもらった。トウモロコシ畑の持ち主である仲手川さんは、「熱中症かもしれん」と散々慌てていた。救急車まで呼ぼうとしていたので、遥は全力で押しとどめた。

「熱中症のときには、水分とミネラルを摂取すべきだ」

秀一はひどく深刻な顔でそう言うと、スポーツドリンクをなぜか一二本も買ってきてしまった。お金は、仲手川さんに出してもらったらしい。宙と手分けして大量のペットボトルを運んできたのを見て、遥は余計に頭が痛くなる。まあ、心配してくれるのはありがたいんだけど。

重なり合う葉の下で体を休めつつ、遥はペットボトルの一本を、ゆっくりと半分ほど飲んだ。そして、気分がいくらか落ち着いたところで、真希が様子を見に来てくれた。彼女は「よっ」と、遥の隣に腰を下ろす。

「一本、もらっていい？」

「うん、もちろん」

「サンキュー」

真希は、ビニール袋の中でボウリングのピンみたいに立っているペットボトルを一本抜き取った。あと一〇本。一人で飲んだら別の病気になりそうな量である。

「ごめんね、迷惑かけて」

「何言ってんの、迷惑なんかじゃないよ」

彼女はドリンクをひと口飲むと、軽く伸びをした。そして、身を寄せ合っているボウリングのピンに目を向ける。

「あたしたちこそ、空回りしてごめんね。みんな慌てちゃったみたいで。こういうときは、やっぱり翔がいてくれたらなぁ」

「翔？　どうしてあんな奴の名前が出てくんの？」

不意打ちだったせいで、遥は語気を強めてしまった。真希は、ペットボトルのフタを手の中で転がしている。

「だって、翔っていつも冷静だしさ。飲み物を一二本買ってきたりもしないでしょ？」

たしかに、認めたくないが、真希の言うことは正しかった。翔はトラブルに直面しても、いつだって平気な顔で適切に対処してしまう。その冷静さに、助けられたことも何度かあった。

今日は、野球部の練習で来られないって、言ってたっけ。宙や秀一の対応に不満があるわけではないんだけど、なるほど、翔がいたらもう少し心強かったかも……。

「でも珍しいね。部活のときだって、熱中症なんて一度もなかったのに。引退して、ちょっと油断したんじゃない？」

「そうかも」

遥はペットボトルを首に当て、体を冷やそうと努めた。同時に、胸の奥にかすかなうずきを感じる。心の中で、別の考えがチラチラと顔を出したり引っ込めたりしていた。

実際は、暑さにやられたわけではないと思う。

――僕は遥さんに、一つ嘘を吐いている。

あのとき、宙の口から発せられたその言葉が、カナヅチみたいに遥の頭をガンと叩いた。そして、間髪を容れずに血を見たせいで……。脳の混乱が限界に達してしまったのだろう。ちょうど、大雨で堤防《ていぼう》が決壊するような具合で。

それに、「らしくない」ということだったら、真希だってそうだ。気付かれないように、遥は真希の指先を盗み見た。左手の人差し指が、包帯を巻かれて二倍くらいの太さになっている。たまたま軍手に穴が空いていて、さらにたまたま、振るった鎌がそこをかすめたらしい。

　他の人だったら、「うっかりしてた」で済むけれど。誰よりもしっかりしていて、こういうドジを踏みそうにない真希なのだから、話は別だ。

「ねぇ、真希。やっぱり変だよ」

　少しためらってから、遥は口を開いた。真希は何も答えず、澄んだ目を畑に向けている。残った中学生三人と仲手川さんが、収穫後のトウモロコシの茎を引っこ抜いたり、鎌を使って根元から刈ったりしていた。

「忙しいのに、無理してるんじゃないの？　辛かったら、話くらい聞くよ？」

　真希は黙って、ペットボトルを口に当てた。緑の葉と葉の間では、宙と秀一が鎌を片手に太い茎と格闘している。熱気を伴った風に乗り、二人の会話が耳に届く。

「宙君、もっと頑張りたまえよ。常識的に考えて、中学生男子はお年寄りや女性よりも力が強いはずなのだから」

「そうは言っても、なかなか難しいんだ。力学的にうまいやり方はないのかな？」

「悩むより、手を動かした方が覚えられるはずだ。考えてもみたまえ。楽器でも、水泳でも、なんだってそうじゃないか。農作業だってきっと同じに違いない。『案ずるより産むが易し』というやつさ」

「それなら、秀一君のやり方をお手本としてみるよ」

宙は、茎に刺さって抜けなくなった鎌を一旦あきらめ、秀一の手元をじっと凝視しはじめた。理科の実験でもしているかのように、真剣な眼差しである。

秀一は秀一で、「お手本」と言われて気分がいいのか、やけに得意気な顔で鎌を振ったのだが……彼の鎌もまた、トウモロコシの根元に食い込み、動かなくなった。

「ん？　あれ、おかしいな……。うまくいかない」

「ふむ。やはり難しいね」

宙と秀一が、揃って困ったような顔をする。遥は思わず、笑ってしまった。あの二人が会話しているのはとても珍しい。真面目すぎて空回りしてしまう点は、少し似通っている気がした。

それにしても。こうして見る分には、宙の様子におかしなところはないようだ。なら、さっきのあの言葉は、いったいなんだったのだろうか。

「あの二人、なんだか面白いね」膝を抱えて座ったまま、真希が言った。「それに、自分を貫いてる感じがして、ちょっとカッコいい」

横目を遣うと、真希はまぶしそうに目を細めていた。カッコいい。宙と秀一には、ど

う も似合わない言葉だった。

「真希だってカッコいいよ」

「そんなことない」

真希は即座に首を振った。単なる謙遜ではなさそうだ。両の瞳に、真夏の昼間に似つかわしくない影が宿っている。

遥は残りのスポーツドリンクをひと口飲んだ。黄色と黒、踏切の遮断機みたいな色の蜂が一匹、視界を横切っていく。

「何があったかは知らないけどさ……」

隣の畑の方へ飛び去る蜂を見送り、遥は木の幹に寄りかかった。

「困ったことがあるんなら、ちょっとは頼ってくれてもいいんじゃないかな？」

片目で、また真希の反応をうかがう。真希はしばし、キョトンとしていたが、数秒してから急に口元を押さえ、プッと噴き出した。

そして、なんとも意外なことを口走ったのだ。

「遥、宙君に似てきたね」

「えっ⁉」

不意を突かれて、素《す》っ頓狂《とんきょう》な声を上げてしまう。遮るもののない青空にまで響いた気がして、ヒヤリとする。幸い、農作業中のみんなには聞こえなかったようだ。宙と秀一は、さっきと同じ調子で太い茎と格闘している。

「似てるって、どのへんが？」

「真っ直ぐなところ、かな」と、真希は笑った。遥はしばし、言葉を失ってしまう。

「うわっ、蜂だ！」

すると突然、悲鳴のような声が聞こえて、遥と真希は畑に目をやった。さっき見かけた蜂が、宙の周りをブンブンと舞っている。秀一は驚いて飛びのき、宙は、自分を中心として衛星みたいに回る蜂を、首だけ動かして観察している。

あの大きさは、スズメバチ。もしも刺されたら、痛いだけでは済まない。遥は身をこわばらせ、ゴクリと唾を飲み込んだ。不吉な羽音が、鼓膜を揺さぶる。

さっき、一瞬だけ目に入ったときは、飛び去ったかと思って気に留めてなかったけど……。あんなふうに人間に向かってくるとき、蜂は非常に危険だ。

「じっとしていなさい！」

仲手川さんが、緊迫した声を上げる。宙は表情を変えずに、コクンと頷いた。

蜂が黒いものに向かっていくなんて、常識なのに。宙君ってば、あんな服を着るから……。

頭の中は、後の祭りの真っ最中だ。

どうか宙君が、蜂を刺激しませんように……。

そう心に祈って、遥は宙を見つめる。幸い、宙は首を回すだけで身じろぎもしないが

……蜂が気まぐれに攻撃してこないとも限らなかった。

一〇秒ほどして、蜂はようやく、宙の周りを旋回することに飽きたようだった。派手な羽音を鳴らすと、畑を飛び越えて去っていく。一同、ホッと胸をなでおろす。仲手川さんなんて、この一〇秒で一〇年分ほど老け込んだように見えた。

ところが、狙われていた本人は、まるでこたえた様子もない。一瞬前の危険など何もなかったかのように、落ち着き払って眼鏡のズレを直している。

「蜂というのは、あんなに動きが速いんだね。時速だとどれくらいなんだろう?」

どこも刺されていないか心配して、駆け寄ろうかと思っていたのに、その気も失せてしまった。遥は、上げかけた腰を再び下ろす。

やっぱり、あの人と自分が似ているというのは、どうにも信じられそうにない。

実を収穫したトウモロコシの茎と葉は、畑に埋められて肥料になる。土掘りくらいは手伝おうと思ったのだけど、秀一がしきりに「病人は休んでいた方がいい」などと言う

ので、結局、ずっと日陰にいることになってしまった。みんなが汗水たらして作業しているのを見ると、罪悪感と、ちょっとした疎外感が生まれてくる。

すべての作業が終わる頃には、太陽が一番高いところまで昇っていた。木の下にいるから、陽射しが直接降り注ぐことはなかったけれど、熱せられた空気が肌にまとわりついて暑苦しい。じっとしているだけだと、余計に体力を奪われる気がした。

一二本あったスポーツドリンクは、結局、全員で分けたらすぐになくなった。

「今日はどうもありがとう。とても助かりました」

作業を終えて集まった中学生五人に、仲手川さんはホクホク笑って言う。背後に広がる畑はすっかり丸裸にされ、焦げ茶色の地面だけになっていた。数時間前までトウモロコシ畑が広がっていたなど、嘘のようである。

「アイスを買って来たから。一人一本ずつ食べてください」

仲手川さんはコンビニの袋を掲げた。予想外の報酬に、遥たちは目を輝かせる。作業の終わり頃、仲手川さんが見当たらないと思っていたが、コンビニで買い出しをしていたわけか。お礼を言って、スイカの形をした定番のアイスを一本ずつ受け取った。

「宙君、どうだった？　楽しめた？」

アイスにかじりつきながら、遥は尋ねた。宙はしばらく、物珍しそうにスイカアイスのとがった先端を観察してから、顔を上げる。

「うん。うまくいかないこともあったけれど、貴重な経験だったよ。真希さんや秀一君とも話せたしね」

無表情だから分かりにくいけど、どうやら満足してくれたようだ。遥はホッと息を吐く。途中に多少のトラブルはあっても、おおむね、この企画は成功だ。

ただ、遥の心に引っかかっている問題は、まだ二つほど残っている。

「それと宙君、明日時間ある？」

「明日か……午前中なら時間がとれると思う」

宙は、表情を変えないままアイスをひと口かじった。きれいな二等辺三角形の頂点が欠けて、歪《いびつ》なかじり跡が残る。さすがの宙でも、三角のアイスを三角のまま食べることはできないらしい。

「よかった。実はね、真希の相談に乗ろうと思うんだけど。一〇時頃、学校に来てくれない？」

「分かった。数学屋の仕事だね」

「そういうこと」と、遥は声をはずませた。同時に、心の中には、手放してはしゃぐことのできない自分もいた。遥が向き合わなくてはならないのは、真希の相談だけではない。残ったもう一つの疑問にも、宙自身に答えてもらわなくてはならない。

宙が東京に移動してしまうまで、あと二日。

別に、何かを期待していたわけではないけれど。

二人っきりでデート、という時間は、どうにもとれそうにない。


翌日の土曜日、遥と宙は、真希の悩みを解決すべく3Aの教室にやってきていた。二人は窓際の隅っこに椅子を並べて、机を挟んで真希と向かい合った。

教室というのは、普段は活力に溢れているだけに、人がいなくなると独特な物寂しさを漂わせる。およそ四〇個並んだ椅子と机は、ガタガタに列が乱れたままであり、打ち捨てられているように見える。黒板には、終業式の日の日直の名前が消えずに残っていた。あと一か月近く、そのまま残ることになるのだろう。どこかの教室から、吹奏楽部の練習の音が、低く低く聞こえてくる。

去年、毎週月曜の放課後に開いていた数学屋も、こんな雰囲気だったっけ。遥は、人気のない校舎の空気を吸い込んで、過ぎし日の記憶を懐かしむ。

いや、懐かしもうとしたんだけど。

「なんでアンタまでいるの?」

「ん〜？」

ムスッとした感じで尋ねた遥に対し、明日菜はへらへら笑う。制服姿の遥や真希とは違って、もちろん私服——やけにダメージの入ったデニムと白地のロゴT、そして、なぜか腰のところにチェックのシャツを巻いていた。ちゃっかり真希の隣に座って、机に肘をついてくつろいでいるところを見ると、参加する気マンマンのようである。

カーテンで陽射しは遮断しているが、その代わり風がまったくないので、教室内はサウナみたいな状態であった。真希のショートカットの下から、汗が一筋、流れ出る。明日菜が、下敷きで顔を優雅に扇ぐ。

「別にいいでしょ。宙の数学屋がどんな感じなのか、見ておきたくて」

「まあ、邪魔しないなら……」

遥はしぶしぶ、そう答えた。この女が宙とどういう関係なのか、いまだに分かっていないが、むやみに追い返すわけにもいかない。

そして宙はというと……いつものように黒い服を着て、いつものようにノートと鉛筆を準備している。数日前の臨時営業のときと同様、傍らにはお茶のペットボトル。なんだか、気をもんでいる自分の方がおかしいように思えてくる。

とにかく、明日菜が何者だろうと、少なくとも「遥の知らない宙」を知っている人物には違いない。後でじっくり、話を聞かせてもらう必要があるだろう。そうすれば、あのとき宙が言い放った言葉の謎も、きっと解けるはずだから。

とりあえず今は、真希の悩みを聞くのが先。一時的に、明日菜の存在は意識の外へ放り出しておくことにする。

「さて、真希さん。まずは話を聞かせてほしい」

前置きも何もなく、宙は切りだした。真希は多少、面食らったようだけど、彼女ももともと回り道をせず突き進むタイプだから、宙の視線を正面から受け止めた。

「実はね……最近、親とうまくいってなくって」

「ふむ、ご両親と?」

「うん。ご飯のときくらいしか顔合わせないようにしてる。すぐ小言を言われるし、あたしも言い返しちゃうし。そういうのって、時間の無駄じゃない?」

「たしかに。感情に押し流されて口論しても、非生産的だね」

深く頷き、同意する宙。妙に訳知り顔だったから、少しだけ違和感があった。

真希は、形のいい眉を苦しそうに歪めた。

「だから、ほとんど会話しなくなっちゃったの。もう二週間くらい、ずっと」

「二週間……」

真希の言葉を、遥はぼそりと繰り返す。

二週間前といったら、引退試合よりも一週間以上前。ちょうど、夏休みに入るか入らないかという頃。たしかに、いつも忙しくしていて、一日のほとんどを外で過ごしているように見えたけど……。もしかして、家に帰りづらいのが原因だったのだろうか。まるで気が付かなかった。

隠してたのかな……。胸の奥が、きしむように痛んだ。

そして明日菜はというと、予想外に重い話題だったからか、ひと言も口を挟まず、真希の隣で下敷きを動かしている。ただ、何を考えているか分からない微笑は浮かべたままだ。遥は引き続き、彼女のことは無視しておくことにした。

「険悪な空気になったきっかけは、何かあるのかな？」

アゴに手を当てて、宙が尋ねる。真希は、口をへの字に曲げた。

「原因は分かってるんだけどね」

「そうなのかい？　差し支えなければ、教えてくれないかな？」

「……通信添削のことなの」

ちょっと言いにくそうに、真希が答える。遥は眉根を寄せた。

もちろん、真希が通信添削の講座を受講しているのは知っている。月に二回くらい、郵送で答案をやり取りして、受験のプロに指導してもらうわけだ。

でも、それと親とのいさかいの間に、いったい何の関係が？

「親を怒らせちゃったんだ。あたしが課題をため込んでるから」

真希は、机の上にのせた拳をギュッとにぎった。

「引退試合とかもあって忙しかったから、六、七月は特にね……。添削の課題をやる時間がずいぶん減っちゃって。あたしも受験生だし、やらなきゃいけないのは分かってたんだけど、やっぱり練習を優先しちゃってさ」

どうしても、勝ちたかったから。真希は小声で、そう付け加える。彼女があの試合に、あの打席に懸けていた想いが垣間見えた。フタをして隠したはずの悔しさが、遥の心にもよみがえってくる。

「だからね……。試合の何日か前、『高いお金を払ってるのに、こんなに放置しているとは何事だ』って、お父さんに叱られちゃったんだ。その場で電話かけられて、添削はストップさせられちゃうし。お母さんには、代わりに塾に行くように言われちゃうし。ひどい話だよね。わざわざ試合の前に言わなくてもいいじゃん。それに、お金の話なんて持ち出されたら、あたしには何も言い返せないし」

冗談めかしたつもりなのか、真希は笑顔になった。声の震えは隠しきれない。遥には、返す言葉が見つからなかった。

それは、真希が一人で背負い込んできた重荷だった。ソフト部のキャプテンとして。そして、一人娘として。誰にも代わってもらえない労苦だった。

「塾より添削の方が合ってるって、自分には分かるんだけど。お母さんとお父さんには、それが伝わんなくて。部活終わったからこれから頑張る、って言っても聞き入れてくれないの。友だちも塾派の人ばっかりだから、不安に思ってたのかもね」

真希は苦しげに、滴《したた》る汗を拭う。蝉の声が、カーテンの向こうからやかましく聞こえていた。遥は、真希の陥っている状況を頭の中で整理する。

通信添削は、自分で勉強時間を確保して、計画的に課題をこなさなくてはならない。一方、塾ならその苦労は必要ない。机に縛り付けられているようなものだから、計画なんてなくたって、自然と勉強量は増えるのだ。

だから、同じようにお金を払うなら塾の方がいい。それが、真希の両親の判断。

「あたしって、全然信頼されてないんだなぁ、って思った」

真希の言葉が、矢みたいにとがって胸に突き刺さる。いや、矢が刺さっているのは真希の胸のはずなのに、彼女の痛みがそのまま、遥の胸にも響くようだった。

「真希……。そんなことがあったなんて……」

「うん。しかも、そうやって勉強を疎かにしたくせに、試合もあたしのせいで負けちゃったでしょ？　それもけっこうキツくてさ」

自分で自分を、嘲笑うような口調だった。息が苦しい。あの日の、あのときの、あの光景が、脳内で再生される。

ツーアウト。真希が強引に二塁を狙い、アウトになってゲームセット。

真希のせい。

違う。真希のせいなんかじゃない。

だけど、言えなかった。もし口に出したら、心の隅っこで「真希のせい」って思ってるって、白状するようなものだから。

そして、そんなことで悩んでいる自分が嫌いだった。

「なるほど。話は分かった」

唐突に。ずっと黙って話を聴いていた宙が、ゆっくりと口を開いた。重苦しい空気など気にかけることなく、鉛筆のお尻で眼鏡を押し上げる。

「たまっている課題は、とても消化しきれないほどの分量なのかい？」

「えっ？　添削の課題？」

真希は少し驚いたような顔をしたが、すぐに首を横に振った。

「ううん、そんなことはないと思う。頑張れば、なんとかこなせるよ」

「なら、説得の仕方の問題か。たまっている課題の量は、具体的に分かる？」

続けて、また質問。真希の置かれた苦しい状況にも、背負わされた重荷にも、まるで興味がないような口ぶりだった。

同情や慰めの言葉なんて、一切ない。ただ、解決への最短ルートを突き進む。合理的で、同時に、残酷でもあった。

「ちょっと宙君。いくらなんでも、急すぎるよ」

宙と真希の間に手を伸ばし、遥は二人の会話を止めた。

「真希は話したくないことまで、無理して話してくれたんだから。そんなに次々と質問しない方が……」

「いいの、これで」

今度は逆に、遥の言葉が遮られた。ただし、遮ったのは宙でも真希でもない。声の主へと目を向けると、真希の隣で明日菜が静かに笑っていた。

「そんなこと、宙は全部分かっているんだから」

また、意味ありげな口調。遥の腹の底から、ふつふつと怒りが立ち上ってくる。

邪魔しない、って条件だったのに。こんなときに口を挟んでくるなんて。

追い出そうかと本気で考えた。

だが、遥が何か言う前に、口を開いたのは宙だった。

「少し不躾《ぶしつけ》だったね。申し訳ない」

宙は真顔で、ぺこりと頭を下げた。そして、額が机につきそうな状態のまま、石みたいに固まってしまったのだ。口は見えない。ただ声のみが響く。

「でも、分かってほしい。僕が中途半端に慰めたところで、真希さんは救われない。僕らが代わりに悲しんだって、真希さんの重荷が軽くなるわけでもない。僕には、心理学的なカウンセリングの能力はないんだ。僕には数学しかない。でも、数学ならある」

真摯《しんし》な言葉だった。自分の持っているものと、持っていないもの。その両方を正確に知っているからこそ紡げる言葉だった。声は、響き続ける。

「起こってしまったことは変えられない。いくら悔いたって、試合の結果は変わってくれないんだ。それなら、今考えるべきことは自ずと絞られる」

遥は茫然として、宙の後頭部を見つめ続けた。

残酷に見えた。血も涙もないように思えた。

それこそが、誰よりも真っ直ぐに、自分に厳しく生きてきた宙の姿だった。

「頭を上げてよ、宙君」

真希が促すと、宙は機械みたいにカクカクとした動きで背筋を伸ばした。それを見て、一瞬だけ笑った真希だったが、すぐに真剣な表情に戻る。

「あたしだって、友だちに愚痴るような感覚でここに座ったわけじゃないんだから。同情や共感じゃなくて、解決策が欲しい」

「分かった。それなら全力で協力するよ」

宙が、眼鏡をクイッと押し上げる。

誰よりも冷酷に見えるけど。実は、誰よりも優しい。そんな宙の「厳しさ」を、遥は初めて目にした気がする。

「『数値』を教えて。僕が必ず、君を助けてみせる」

蟬たちの声が折り重なって聞こえる、夏の教室で。宙は堂々と宣言した。

「なるほど。すると、課題は月に二回送られてきて、好きなタイミングで返送するんだね？」

「うん」

「そして、今は三か月分の課題がたまっている、と」

「うん、そうなの」

宙が確認すると、真希はしっかりと頷いた。なんともこの二人らしい、無駄のないやり取り。思えば、去年の鴫立祭でうちのクラスが成功したのも、真希がテキパキと仕事をこなしてくれたおかげだった。こういう人になりたいと、遥はあらためて思う。

宙は、しばし黙り込んでから、意を決したように鉛筆を動かし、素早くノートに数値を書き入れる。

課題＝2回／月

たまっている課題の量＝3か月分

並んでいく数値を見つめ、遥は尋ねる。

「宙君、ここからどうするの？」

「今たまっている課題と、これから送られてくる課題。それらを合わせた分を、受験までに終わらせる計画を立てる」

宙の両目が、キラリと光る。なるほど。その計画を見せて、両親を説得するというわけか。理解が得られれば、真希は今まで通り通信添削を続けられるし、家族の仲も改善するだろう。覆水《ふくすい》を盆に返す、とまではいかなくても……。きっと、家の中のギスギスした空気を入れ替えることができるはずだ。

しかし。そんなにシンプルな方法で、本当に解決するのだろうか。

遥が疑問を抱いたのと、ほとんど同時。案の定、真希は眉をハの字にして、言いにくそうに口を開いた。

「ごめんね、宙君。実はそれ、もうやってみたんだ」

宙はノートから顔を上げ、真希の目を見つめ返した。

「でも、駄目だった。ちゃんと計算したって伝えても、信じてくれなかったの」

「ふむ」

宙は、アゴにそっと手をやった。提案した解決策は、すでに試された後。数学屋を開いてから初めてのケースだった。

「計画は、口で伝えたのかい？」

「えっ？」と、真希は両の眉を上げて聞き返した。宙は言葉をかえ、質問を繰り返す。

「伝達手段だよ。口頭？　それとも文書かな？」

「え、えぇと、口で伝えたよ。計算した結果を、ちゃんと説明したつもりだったんだけど」

「きっと君のご両親は、感情的になってしまっている。そういうときには、残念ながら論理的な言葉も通じないことが多い」

宙は、おもむろにペットボトルへ手を伸ばし、水分を補給した。彼の言葉は、思い当たるところが多すぎて、遥の胸にもグサリと刺さる。数学屋の店長代理として、気をつけるようにはしているけれど、それでも時々、失敗してしまう。理屈では自分が間違っていると分かっているくせに、心がそれを認めてくれないことがある。家族が相手だと、特に。

だけど、なんか変だな。

「感情」なんて、宙君が一番苦手なもののはずなのに。言葉に、妙な説得力がある。

「不思議そうな顔してるね」

不意に明日菜が、遥の顔を覗き込んできた。目を逸らしつつ、遥は首を振る。

「別に、そんなこと……」

「口論に関しては、宙、けっこう詳しいんだよね」

明日菜は、この場にいる女子三人の中で一人だけ、すべてを理解しているかのように振る舞う。それが、なんとも悔しい。

一方、宙は明日菜に対しては特に何も言わなかった。鉛筆のお尻で、こめかみをトントントンと叩く。

「説得は、ご両親がなるべく落ち着いているときを狙うんだ。そうして、シンプルでインパクトのある方法で説明する」

「落ち着いてるとき……分かった、やってみる」

「ご両親にも分かりやすいように、視覚的に伝えるのも手だね。今から課題の量をグラフにするから、それを使うといい。半月を一クールとして、一クール分の課題の量を『a』とおこう。今は三か月分、つまり六クール分の課題がたまっているから、その量は『6a』」

課題＝2回／月
たまっている課題の量＝3か月分＝6a

先ほど書いた式に、宙は「6a」という新たな数値を追加する。そして、そのまま次の行へと鉛筆を走らせた。

「このまま何もしなければ、xクール後にたまっている課題の量yは、こういう式で表せる」

$$y = a[x] + 6a$$

遥の心臓が、ドクン、と跳ねた。

見覚えがある、どころの話ではない。 xを囲っている、向かい合わせのホチキスの芯みたいな記号。遥にとって特別な記号。

「この記号は、僕たちにとって、とても大切な記号なんだ」

「僕、たち？」

宙の言葉に、真希は眉をひそめる。顔から火が出るかと思って、遥はさりげなく視線を逸らした。大胆というか、にぶいというか……。

それにしても、まさかこんな場面で登場するなんて。

「あたしは初めて見る記号だけど……どういう意味なの？」

「うん、『ガウス記号』だよ。意味は、『カッコの中の数を超えない最大の整数』」

$$[2] = 2$$

$$[1.5] = 1$$

$$[3.14] = 3$$

ページの余白に、具体例がスラスラと並ぶ。

カッコの中の数を超えない最大の整数。

つまり、「ガウス記号」で囲うと、どんな数も整数に変換されてしまうということ。

「1.5」は「1」になり、「3.14」は「3」になる。「1.5」を超えない整数の中で最大のものは「1」だし、「3.14」を超えない整数では「3」が最大だから。

つまり、[x]は必ず整数になる、ということだ。そこまでは去年、宙に教えてもらったから、遥にも分かる。

「でも、どうしてガウス記号を使うの？」

「それは、小数を除外するためだよ」

遥の質問に、宙はサラリと答えた。キャッチボールでもするように、自然で、よどみない返答だった。

「例えば、一・五クールが経過したとき、送られてきている課題の量は？　一クールのときと変わらず、『a』だよね？　課題は、月二回しか送られてこないんだから。そして、二クール経過したとたん、課題の量は『2a』になる」

口と手が別々の生き物のように、迷いなく動く。水上スキーのハンドルにしがみつくような気持ちで、遥はノートの上に現れる数式を凝視する。

$x=1.5$
$a[x]=a$

$x=2$
$a[x]=2a$

「これに、元々たまっていた課題の量『6a』を足せば、xクール後にたまっている課題の量になる。それがこの式ってわけさ」

宙は、鉛筆で「$y=a[x]+6a$」を指し示した。

「a[x]」がこれから送られてくる分で、「6a」がすでにたまっている分、というわけか。

理解できた、というしるしに、遥は頷いて見せる。続いて、真希も首をタテに振る。

明日菜は微笑を浮かべているだけで、分かっているのかいないのか、やっぱり読めない。

「そして、ガウス記号を使った式のグラフは、ちょっと面白い形になる。遥さんは、知っているよね」

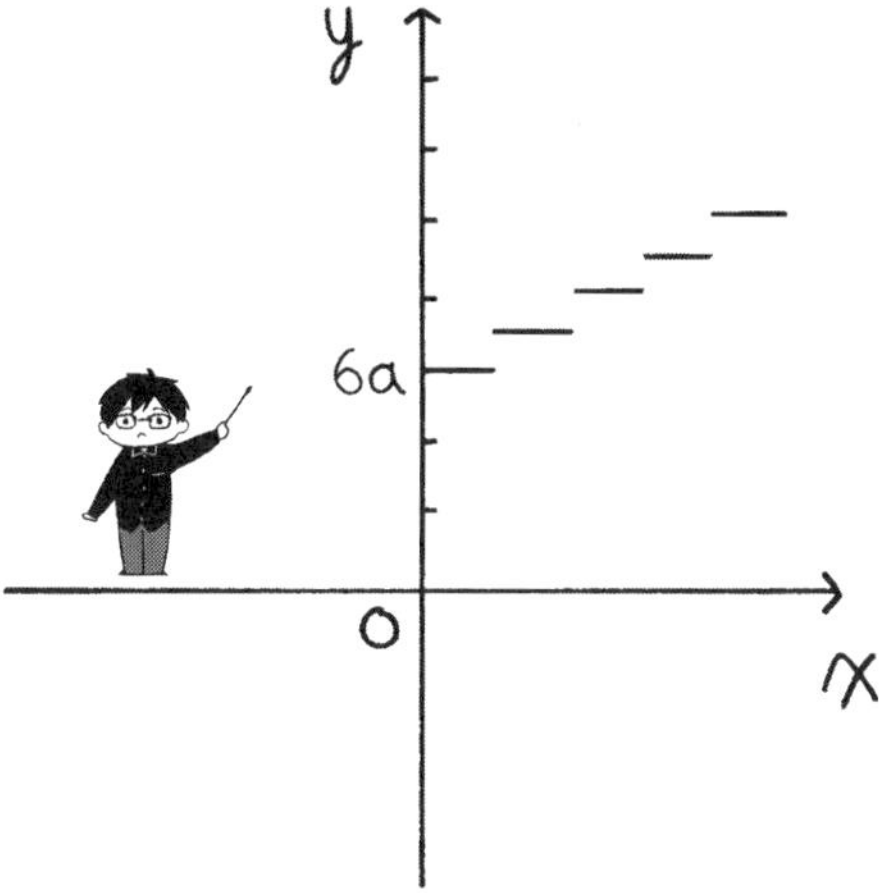

宙の手が、思い出深いあのグラフを紡ぎ出していく。

途切れ途切れの階段のように見える、それ。一年前に、宙が見せてくれたグラフだった。そして別れの日、遥が想いを込めて宙に贈ったグラフでもあった。

一度は、離れてしまっても。また一緒に歩けるように。そんなひそかな願いを込めた、大切なグラフだった。

もちろん、真希はそんなことを知る由もない。ただただ、感心したように目を丸くしている。

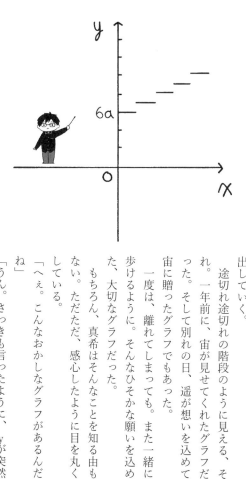

「へぇ。こんなおかしなグラフがあるんだね」

「うん。さっきも言ったように、yが突然増えるから、グラフがぶつ切りになってしまうんだよ。『不《ふ》連続《れんぞく》関数《かんすう》』っていうんだけど、けっこう面白いでしょ?」

子どもみたいに無邪気な目をして、宙は言った。あんな言い方をされたら、首を横に振るなんて無理だ。真希は慌てた調子で、「えっ、うん。面白い」などと答えている。

共感を得られたからか、宙は満足そうな顔になった。そして、ふと思い出したような調子で言う。

「でも、真希さんは自分で計算したとき、ガウス記号なんて使わなかった。そうでしょう?」

「あ、うん、たしかに。さっきも言ったけど、こんな式、見るのも初めてだもん」

真希は、ノートに並んだ数式を指でなぞった。そうだった。真希はすでに一度、課題を消化するためのスケジュールを、自分で計算していたのだった。

「つまり、本当はこんなふうに考えなくても解けるんだ」

宙は、身も蓋もないことを平気な顔で言う。びっくりしたけど、その後に続いた彼の言葉を聞くと、自然と納得できた。

「でも、グラフを描くにはどうしてもガウス記号が必要だ。繰り返しになるけれど、今回の目的はご両親を説得すること。要はプレゼンテーションだ。ただ答えを出せばいいってものじゃない」

プレゼンテーション。なんだか大人っぽい響きだ。

つまり、今回のゴールは、問題を解くことではなくて、解いた問題を両親に向けて解説することなのだ。それならば、たしかにグラフがあった方がいい。問題自体はグラフを使わずに解けるとしても、それでは駄目だ。

「xクール後にたまっている課題の量は分かったね？　じゃあ次だ。真希さんが課題をこなすペースを式で表そう」

y＝anx

宙の言葉が終わる頃には、ノートの下の方の行に、新しい数式が追加されていた。見たことあるような、ないような数式。宙は、トントン、と鉛筆の先で数式を叩いた。

「ちょっと変わった形だけど、一次関数だよ。『y＝ax』の『a』が『an』に置き換わっただけだからね。グラフは直線になる」

言い終えて、宙が先ほどのガウス記号のグラフの横に描き加えたのは、何度も見てきたような一次関数のグラフだった。原点を通る直線。最もシンプルなグラフ。

「でも、この『n』は何なの？」

率直な疑問を、遥はぶつけてみた。こうして質問するたびに、時間が一歩ずつ戻っていくような気がしてくる。けれど実際には、そんなことは起こりえない。目の前のグラフと同じように、時は後戻りすることなく、前へ前へと進んでいく。

「真希さんが課題をこなすペースを、『通常のn倍』としたんだ」

みんなが理解するのを待ってくれるように。宙は、ゆっくりと語る。

「普通の人は、一クールで課題aをこなすんだから、xクール続けると、消化できる課題は『ax』。じゃあ、そのペースをn倍にすると？　ほら、xクールでこなせる課題の量yは『ax×n＝anx』になるでしょう？」

宙が提示した情報を、遥は頭の中で整理する。数学が大嫌いだった頃と比べたら、その作業もだいぶマシになった。ただし、ぼんやりしていたら置いていかれるのは、今も昔も変わらない。

課題をこなすペースが通常と同じ、つまり一倍のペースなら「y＝ax」。通常の二倍のペースなら、「y＝2ax」。三倍なら「y＝3ax」。

n倍のときは「y＝anx」。

遥が、そこまで考えたとき。不意に、宙が両手の人差し指を交差させた。彼の細い指が、音もなく組み合わさるのを見て、遥はなぜかドキリとする。

「ここで、二つのグラフを合体させよう」

宙は、左の人差し指で右の人差し指を叩いた。

「この二つのグラフが途中で交わるとするね。その交点が何を表すか、分かるかい？

『たまった課題の量』と、『こなした課題の量』が、ぴったり等しくなる点だ」

たまった課題の量と、こなした課題の量。

口の中でつぶやくと、もやのようにあやふやだった輪郭が、遥の目の前にはっきりと浮かび上がってきた。

「えーと……、課題を全部消化しきるとき、ってこと？」

「正解だよ」宙は、鉛筆で空中に大きく丸を描いた。「真希さん。課題は、いつまでに消化したい？」

「そうね……。あんまり入試直前だと大変だから、一二月いっぱい、かな」

「一二月いっぱいというと、あと五か月。つまり、一〇クールか」

宙は、ようやく周囲に聞こえるくらいの声でブツブツとつぶやく。そして、鉛筆の芯の先をじっと見つめていたかと思ったら、急に、どこからともなく取り出した定規を左手にかまえた。シャッ、シャッ、シャッ、と滑るような音を立て、ノートの上にいくつもの線を描いていく。女子三人は、ひと言も発することなくその様子を見つめ続ける。

一分も経つと、異質な二つのグラフが合わさった、なんとも奇妙な図が出来あがった。階段と急坂が、途中でぶつかり合っているように見える。

遥が、何の気なしに図を眺めていると。宙がまた口を開いた。

「ふむ。『n＝1.5』だね。つまり、ペースは通常の一・五倍だ」

「えっ⁉」

遥と真希が、ほとんど同時に声を上げる。話の流れが読めない。どうして、急にｎの値が割りだせたのか。ノートに、計算式は増えていないのに。何かのステップを省略して、宙が頭の中で計算を済ませてしまった？　でも、だとしたらどうして？

いくつかの疑問が、頭の中で渦を巻く。去年までの遥だったら、その混乱の波に呑まれ、数学の海に沈んで溺れていたと思う。だが、今の遥は奔弄されることなく、冷静に状況を分析することができた。数々の疑問は鍋の中に入れた調味料みたいに、溶け合い、混ざり合い、一つの答えにたどり着く。

解答は、すでに目の前にあったのだ。

「そっか。グラフを読んだんだね」

「うん、その通り」

宙が、ちょっと驚いた顔をする。遥はそっと、苦笑い。

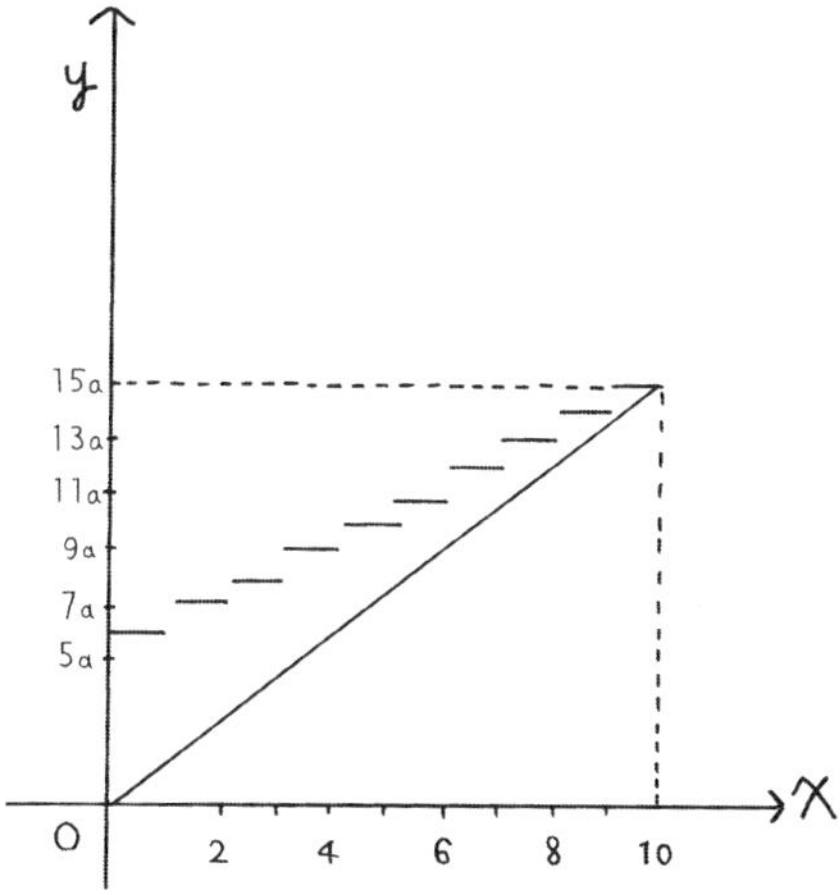

そんなに驚かなくてもいいじゃん。宙君が教えてくれたから。あたしだって数学、少しはできるようになったんだから。

遥は、ノートの上のグラフにもう一度目を落とした。「y＝a[x]＋6a」と「y＝anx」。二種類のグラフが交差する点の座標は書いてあるから、これを見ればnも算出できる。

一方、真希はまだ納得しきれていないようだった。宙が、グラフを鉛筆で指し示しながら説明する。

「ほら、xが『10』増える間に、yが『15a』増えてるでしょ？　ということは、xが『1』増える間にyは『1.5a』増える。つまり、一クールの間にaの一・五倍をこなすペースってこと」

「えぇと……。あっ、そっか。だから、難

問三．宙の嘘を見つけなさい

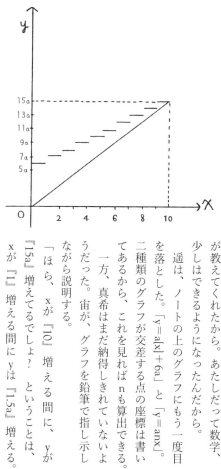

しい計算がいらないんだね」

真希は、ノートを指でそっとなでた。グラフというのは、模型みたいなものだ。注意深く観察すれば、小難しい式を省略できたり、計算だけでは見えなかったことを発見できたりもする。遥はいまだに計算ミスが多いから、グラフにはよくお世話になっている。

ちなみに明日菜は、真希の隣でじっとグラフを見てはいるのだが、相も変わらず、下敷きで顔を扇いでいるだけである。口を開かないということは、分かっているということだろうか。

明日菜のことは気にせず、宙が先を続ける。

「さて、一・五倍というのは、どれくらいなのかというと……。仮に、今まで一日三時間勉強していたとすると、一・五倍は四・五時間。つまり四時間三〇分になる」

四・五時間／日

一番下の行にそう書き加えると、宙は上目遣いで真希を見た。文字通り、様子をうかがうように。真希はすぐに視線に気付くと、ニカッと歯を見せる。久しぶりに見る、屈託のない笑顔だった。

「やれるよ」真希は言った。迷いのない口調だった。「だって、遥はもっと勉強したんでしょ？　それなら、あたしだってできる」

突然引き合いに出され、遥は面食らった。まさかそんなことを言われるなんて。

たしかに遥は、数学屋の店長代理になってから、血のにじむような努力をしてきた。特に去年の夏休みは、部活と数学しかした記憶がない。おかげで、「2」だった成績もようやく「4」にまで上げることができた。

それが当たり前だと思っていた。むしろ、神之内宙という人の跡を継ぐには、それでもまだ足りないくらいに思っていた。

だけど他人から見ると、少々違ったらしい。

「あたし、負けないよ」

真希が、遥の目を真っ直ぐに見据えてくる。ずっと姉さんのように憧れていた真希に言われて、遥は恥ずかしく、また、ちょっぴり誇らしくもあった。

「なら、準備はこれで整ったね」

二人のやり取りを見届けてから、宙は手の中の鉛筆をクルリと回した。

「真希さん、ここからは君次第だよ。ご両親が落ち着いているときに、話し合いに持ち込むんだ。それから、nの値は一・五にこだわる必要もないよ。この図を見ながら、理想的なペースをご両親と一緒に探るといい」

「ありがとう、宙君」

真希はお礼を言うと、スマホを取り出し、ノートの図を写真に撮った。パシャリ、という シャッター音が、耳に心地いい。

「それからね、真希さん」

「ん？　何？」

「君のせいなんかじゃないよ」

遥は椅子から跳び上がりかけた。遥たちソフト部がことごとく避けてきた話題に、宙が不用心に踏み込んでしまったのだから。遥は生唾を飲み込み、成り行きを見守る。

しかし、遥の心配していたようなことは、何一つ起こらなかった。不思議だった。傷痕に触れたはずなのに、真希が痛みを感じている様子はない。ただただ、キョトンとしているだけだ。

――あそこで走った勇気を、僕はたたえたい。

試合直後にも、宙はそんなことを言っていた。宙の言葉には飾り気がないからこそ、余計な寄り道をせずに真っ直ぐ、相手の心に届くのだ。

今なら、遥にも言える気がした。むしろ今しか、チャンスはないと思った。

「あたしもそう思う。誰のせいでもなかったよ」

喉のつかえと、胸のモヤモヤが、一度に消える。それはあの日、どうしても口に出せなかった言葉。少し遅れてしまったけど、宙のおかげで、しっかり伝えることができた。

「ありがとう、二人とも」

真希の顔に浮かんだのは、肩から一つの荷を下ろしたような安堵の表情。遥には分かった。これで、真希は大丈夫だ。

蒸し暑い教室内に、清涼な沈黙が舞い降りる。ノートの上の数式たちが、音もなく歌っているような気がした。問題が解けた後の、特有の空気。遥の大好きな時間だった。

それなのに。

パチパチパチ
その空気を外側からかき乱すように。無遠慮な拍手が沈黙を破った。

「なるほど。これが数学屋なんだね」

相変わらずの薄い笑顔を顔に貼り付け、明日菜が緩慢《かんまん》に手を打った。

「数学の力でお悩み相談、って聞いたときは半信半疑だったけど。納得できたよ」

「それはどうも」

宙と明日菜の間に割って入る形で、遥はわざとそっけなく答える。それでも、明日菜は嫌な顔一つしない。裏側の読めない薄笑いを浮かべているだけだ。

本当に、不気味な女。

真夏に似つかわしくない寒気を感じ、遥は身震いする。宙はお茶に口をつけてから、

「ああ、そうか」とつぶやいた。

「数学で誰かを助けるところを、君には初めて見せるんだったね」

「うん。大智から、話で聞いてただけだったから」

明日菜は下敷きをバッグにしまう。遥は黙って眉をひそめた。

大智？

「彼にはよく怒られたよ。問題を解いてるだけじゃあ世界は変わらないぞ、ってね」

「許してあげてね。あの人、自分が数学嫌いだからってそんなこと言って」

「いや、耳が痛かったよ」

宙と明日菜は、遥と真希を置いてきぼりにして会話を進めてしまう。胸の奥がざらざらしてくる。真希は明日菜の横に座って、じっと様子をうかがっている。

明日菜はそのまま、遥の知らない話をしばし続けてから、ふと、宙に尋ねた。

「それで？　もうこの大磯で解くべき問題はなくなったの？」

「うん、もう大丈夫」

宙は、とても大事そうにノートを閉じた。パタン、という音が、何かを断ち切る音に聞こえて……足元に大穴でも空いたような感覚が襲ってくる。

「約束は守るよ。行こう、東京へ」

宙の両目には、強い意志の光が宿っていた。遥はハッとして、壁の時計に視線を投げる。いつの間にか、時刻は正午近くになっていた。

「いけない。もう行かないと」

時計を見やってから、宙は鉛筆を胸ポケットに、ノートと定規とペットボトルを鞄にしまった。とっさに、引きとめる言葉をかけそうになり、思いとどまった。あらかじめ分かっていたことだ。宙は今日、午前中しか時間が取れない。

そして、明日は東京へ去る日。

タイムアップだ。

つい数分前まで、同じ問題に向き合っていたのに。今は遥と宙の心が、一秒経つごとに離れていく気がした。

「ありがとう」

窓か何かを隔てたみたいに、遠くから声がする。……と思ったら、実はすぐ横の宙からの言葉だった。反応に困って、ドギマギする。宙は、ちょっと目を細めた。

「遥さんのおかげで、とても楽しく、大磯に滞在できたよ」

「うん……」

ヒリヒリする喉を動かして、なんとかそう返事する。それっきり、静寂が二人の間に広がっていく。長い時間が経ってから、宙は無言で立ち上がった。

結局、宙は何も言ってくれなかった。

ううん、そうじゃない。あたしが何も言えなかったんだ。

宙が教室から出て行く。明日菜が追っていく。遥は二人の背中を、黙って見送った。

ついていけばいいのに。どうせ、正門までは一緒なんだから。

心の中で誰かがつぶやく。

どうやって？

別の誰かが聞き返す。

その問いかけには、誰も答えてくれない。


翌日の日曜は何もする気が起きず、ぼんやりとしていただけで、いつの間にやら日が昇り、いつの間にやら沈んでいた。宙はもう、大磯にいない。進んでしまった時間を、上ってしまった階段を思い、遥は枕に顔をうずめる。気付けば、月曜が来ていた。

もちろん、夏休みだから授業はない。遥は塾に通っていないし、部活も引退してしまっているから、特にやるべきことも見当たらなかった。机に向かって教科書を開いても、本当に日本語で書かれているのか疑いたくなるほど、内容が頭に入ってこない。遥は諦めて、制服を着て学校に向かった。陽射しは強かったが、体の機能が麻痺でもしたのか、歩いていても大して暑さを感じなかった。

学校は、こんなにくすんだ灰色だったろうか。記憶があやふやで、思い出せない。半ば無意識のうちに、階段を上って教室に向かう。廊下はシンとして、人の気配がまったくなかった。使われなくなった廃校舎に迷い込んだような、不思議な感覚。遥は、フワフワと足を進める。

三年C組の前まで来たとき、遥はふと足を止めた。教室の窓辺に、男子生徒が一人寄りかかっている。その長身と坊主頭に見覚えがあったから、遥は戸の内側にそっと足を踏み入れた。

足音に気付いたのか、男子は振り返った。案の定、翔だった。半袖のワイシャツに、制服のズボン。足元には、いつものよりずっと小さい鞄が置いてある。

「よぉ、お前か」

「何してんの？」

「別に。グラウンドを見ていただけだ」

ぶっきらぼうに答えて、翔はまた窓の外へと目を向ける。遥も近付いて、彼の視線を追ってみた。グラウンドでは、サッカー部が練習していた。

「アンタ、今日は試合じゃなかったの？」

「昨日負けたから、今日はナシだ」

「そう」

遥はそっけなく返答した。多少は意外だったとはいえ、大した驚きはない。野球部だって、永遠に勝ち続けることはできない。いつか必ず終わりが来る。それが昨日だったというだけの話だ。

「お疲れ」

「ああ」

いつもの翔。敗戦がどのくらいショックなのかは、正直、伝わってこない。同級生の女の子から労《ねぎら》われたのだから、もう少し照れたり喜んだりしてもいいと思うのだけど。本当に、かわいげがない。

翔は冷たい無表情のまま、白黒のボールを追いかけるサッカー部を見つめている。

「あんなに狭いところを走り回ってたんだな、俺たち」

意外なことに、センチメンタルになっているらしい。サッカー部の一人がシュートを放ち、ボールがゴールポストにぶつかって跳ねた。

「このグラウンドが狭いことなんて、前から分かってるでしょ？」

「だな。だから俺たちは、毎日喧嘩していたわけだ」

懐かしむように、翔は目を細める。そして、急に何を思ったのか、辺りをぐるりと見回した。二人以外に、教室内には誰もいない。虫一匹いない。机と椅子が四〇ばかりずつ、無言でたたずんでいるだけだ。

「終わってくな。中学」

「まだ半年あるよ」

「ないのと同じだ。俺にとっては、野球イコール中学生活だったんだ」

ずいぶん極端な言い分だが、投げ遣りな感じはしなかった。実際は、一〇月の鳴立祭が残っているし、その後も卒業式まで学校生活は続いていく。それらがあまりにも小さく見えるくらい、翔にとって野球の存在は大きかったのだろう。

「でも、アンタは高校でも野球続けるんでしょ」

「ああ。お前はソフトやらねぇの？」

「分かんない」

「そうか」

最低限の返事。いつもだったらムッとしているところだけど、今日はなぜか、この愛想のなさに救われている自分がいた。翔の隣に立ち、しばらく黙って、次々とパスで回されていくボールを目で追う。グラウンドは、本当に小さく見えた。

「何にも残らねぇんだな、中学生活って」

翔がまた、誰にともなくそう言った。遥は何も答えずにいたが、彼も特に、相槌を期待してはいないようだった。勝手気ままに、口を動かす。

「キャプテンとして野球部を率いて、もらえたのは地区大会の賞状が三枚。それだって、俺の名前が入ってるわけじゃねぇし、きっと部室の奥にしまい込まれて終わりだ。形として手の中に残る物なんて、何もねぇ」

「そうかもね」と、遥は答える。寂しいけど、当たっていると思う。

スポーツ推薦で高校に行くならともかく、そうでないなら、中学の部活が直接何かに役立つことはない。地区大会で優勝したって、一回戦負けしたって、日常は変わらず続いていく。遥たちだってそうだ。あの日、八重咲に勝とうが負けようが、受験には影響なかったし、きっと人生も変わらなかったはずだ。

遥は、お父さんとお母さんの中学時代の部活のことを、ほとんど何も知らない。家族でさえもそれだから……。多分、大人になったら、中学時代の試合の勝敗なんて話のタネにもならなくなるんだろう。

「……けどさ、形にならないものの方が大事なんだって、あたしは思う」

青く澄み渡った空に目を向け、遥は言った。翔も、同じ方を見ている。

翔が野球に懸けた想いを、遥は理解できない。それと同じように、遥が胸に抱えた悔しさも、仲間たちとの絆も、きっと、他人には理解できない。そしてもちろん、数学屋のことも、宙のことも。

やがて、翔は「かもな」と笑った。そして、遥に対して初めて、米粒大の興味が湧いたような顔をする。

「ところで、お前はここで何してんだ？」

「ちょっとね。なんだかやる気が出なくて、散歩に来ただけ」

「へぇ、何かあったのか？」

「まあ、大したことじゃないよ」

面倒だから、適当にごまかそうと思った。同時に、教室から去って行く宙の後ろ姿が脳裏をかすめる。心臓をヒモで縛ってぐいぐい絞められるような痛みが襲ってくる。遥はたまらず、胸を押さえた。

「ううん、やっぱり話すよ。聞いといて」

「仕方ねぇな」

翔は面倒くさそうに、窓辺に寄りかかって頬杖をついた。コイツにマナーのことで文句を言うのは、蟬に向かって「うるさいから黙れ」と言うのと同じくらい無意味だ。遥は構わず、手近な椅子に腰を下ろしてから、胸につかえていた言葉を一つひとつ取り出して、ポツリポツリと話し出した。

東京から来た明日菜のこと。彼女はどうやら、遥の知らない宙を知っているらしいこと。約束のこと。嘘のこと。何一つはっきりさせないまま行ってしまった宙のこと。

思いついたままを、思いついた順番に話した。前後のつながりもめちゃくちゃで、聴くに堪えない話だったと思う。それでも翔は、遥の話が終わるまで、口を挟まずに耳を傾けてくれた。

「宙がお前に嘘、ねぇ……」ひと通りの話を聴き終えると、翔は坊主頭をポリポリとかいた。「分からねぇな。アイツほどバカ正直な人間も珍しいぜ?」

「あたしもそう思う」反射的に頷きかけてから、遥はやっぱり首を振った。「そう思ってただけに、ショックでさ」

口から出てくるのは、力ない声。あまりこの男に弱みを見せたくないのだけど、空元気すら出す気になれなかった。確かだと思っていた足元が、今はグラグラと揺れている。

「じゃあ、お前は本当に、宙が嘘を吐いてると思ってんのか？」

「うん。だって本人がそう言ったから」

「じゃあ、宙が嘘を吐くとしたら、どんな嘘だと思うんだ？」

「分かんないけど……。少なくとも数学関係の嘘は吐かないと思う」

「本当にそうか？」

探るような言い方だった。外から風が吹きつけてきたが、彼の髪の毛は、風になびくほど長くない。

「本当にそうか、って……どういう意味？」

「宙は数学には、固い信念を持ってる。そうだろ？」

「もちろん」

「だからこそ、一度口にしちまったことは、簡単に曲げられねぇ」

「そうなのかな？」

「ああ。アイツが吐いているとしたら、そういう自分を縛る嘘なんじゃねぇのか？」

自分を縛る嘘……。

考えたこともなかった。翔はたまに、なんだか難しいことを言い出すことがある。立派なお兄さんと比べられ続けたせいで、心の一部分だけ先に大人になってしまったような。そんな一面を時々見せる。このときも、そうだった。

「どうして、そんなふうに思うの？」

「男ってのはそういうもんだからな」

「へぇ、そう」

遥は興味なさそうに、適当な相槌を打った。けれど本心では、翔の言葉が当たっていそうな気もしていた。「男だから」とか「女だから」とかいう言い方は嫌いなのだけど、時には、そういう考え方を当てはめねばならないこともある。

それっきり、二人はしばらく何の言葉も交わさなかった。遥はぼんやりと椅子に座り、肩にかかった髪を風がもてあそぶのに任せ、翔はただ、身じろぎもせずにグラウンドを眺める。互いの存在を忘れてしまったかのような、完全な沈黙。

そして、薄い膜としてかぶさってきていた静寂を、そっと取り去るように。遥は、ポツリとつぶやいた。

「ねぇ」

「ん？」

「翔はさ……好きな人いないの？」

「いねぇよ」

「じゃあ、いたことは？」

「んなこと、訊いてどうする？」

窓の外へ視線を向けたまま、翔は逆に問うてきた。どうする、と言われても。遥が答えずにいると、翔はゆっくりと肩越しに振り返った。首元の汗が、陽を受けて輝く。珠のように美しく。

「さっき言っただろ。何一つ残らない、ってさ」

目を細め、翔は小さく笑った。その表情を見た瞬間、胸を締め付けられる。嬉しいとか楽しいとか、そういう単純な笑いではなかった。

遥にはすべてが分かった。分かってしまった。

「……そっか」

本当は、もっと早く気付いておくべきことだった。

あるいは、永遠に知らないでおくべきことだった。

「……ごめん」

「謝んなよ。俺がフラれたみたいじゃねぇか」

「ああ、そっか。そうだよね……」

遥は、かろうじてそれだけ答えた。今まで見てきた翔の姿が、いくつもいくつも、脳裏をよぎる。林に入ったボールを一緒に捜してくれた翔。アーチの設計を手伝ってくれた翔。スイングの仕方を教えてくれた翔。

いつだって無愛想だった。けれど、いつだって遥の味方だった。

「なんで泣いてんだよ、お前」

「泣いてない」

「泣いてるだろ」

「だから、泣いてなんか……」

遥は嗚咽《おえつ》をこらえ、両目をごしごしと乱暴に拭った。翔の視線はいつになく優しかった。だから余計に、胸が苦しかった。

何も知らないサッカー部の声が、グラウンドからときおり届く。気楽な蟬たちが、壊れたラジオみたいな声で鳴いている。

いいや、違った。何も知らずに、気楽に過ごしていたのは、あたしの方だ。

涙と汗が混じって、目の端が痛い。

明日菜に対する嫉妬とか。自信のなさとか。そんなものは、とてもちっぽけに思えた。

あたしは、そんなことに囚われている場合じゃない。そんなのは贅沢な悩みだ。翔と比べたら、ずっと小さい悩みなんだ……。

「追っかけろよ」

「えっ」

「宙のこと。あの日みたいにさ」

片頰をつり上げて歯を見せ、翔は笑った。いつもの不敵な態度だった。この人は強い。あたしなんかより、ずっと、ずっと。

「……うん」

だったら、あたしもうずくまっているわけにはいかない。壊れかけていた心が、光に包まれ、元の形に戻っていく。

もう一度涙を拭ってから、自分自身の手のひらに、そっと目を落とす。砂でできた中学生活が、時間という波にさらわれ、今にも消え去ろうとしていた。翔の言う通り、後には何一つ残らない。

このままだと、何一つ残らない。

幻だったことにしてはいけない。

何も残らないからって、なかったことにしてはいけない。

「……探してみる」

「探す？」

「あたし、宙君がどんな嘘を吐いたのか、探してみる」

「そうか。手がかりはあんのか？」

「それは……」

遥はためらい、うつむいた。しかし、ここで歩みを止めるわけにはいかなかった。後悔したくないから。迷ったら、前に進むと決めている。

宙君のためにも。あたし自身のためにも。そして、翔のためにも。

このまま立ち止まっているわけにはいかない。

「あるよ」小さな、けれど力のこもった声で、遥は言った。「手がかりは、あたしの頭の中にある」

翔はすでに、いつもの冷たい表情に戻っていた。ただ、独り言のように「そうか」と繰り返して、またグラウンドに視線を落とす。力の戻ってきた両足で、遥はスクッと立ち上がった。

相手が数学と分かっているならば。

背を見せて逃げたり、恐れて立ちすくんだりすることはない。

——数学は、決して僕らを裏切らない。

いつだったか宙のくれた言葉が、頭の中に浮かんで、また消えた。

踵を返して、遥は教室の出入り口に向かった。廊下に出る前にそっと振り向くと、窓辺に寄りかかる翔の背中が見えた。思っていたより、少しだけ小さく見えた。

風が顔に吹き付けて、目元がヒリヒリと痛んだ。

「……翔」

今、ようやく分かった。この人も、たしかにあたしの親友だった。

これまでも、これからも。ずっと、ずっと。

「ありがとね」

返事の代わりに、翔は振り返らずに右手を振った。いつもの、つれない仕草だった。


いつ以来だろう。こんなに長い時間、図書館にこもったのは。

無数の本の間で歩を進め、遥は思う。

本というものは、数百年、数千年の歴史が積み上がってできる。人の繁栄も衰退も見届けて、それでもなお力強く立ち続ける巨木みたいに。本は、人の世の過去をすべて吸収し、活字という形で蓄えている。

遥は、「数学」の棚にある本を、両手に持てるだけ抱えてくると、手近な机を確保して、そこで片っ端から読み漁った。中学の図書室とは違う。大人向けの本ばかりで、どれも遥にはあまりにも難しい。それでも、書かれている式が、定理が、宙に教わったことがあるものか、ないものかだけは、かろうじて分かる。

それは、数学の森の中を一人でひたすら歩くことだった。道は険しく、適切な道具も知識も持たない遥では、三歩進むだけで大変な苦労だ。ようやく歩きやすそうな道を見つけたと思ったら、道の脇から唐突に獣が飛び出して、驚いて尻もちをついてしまう。おそるおそる立ち上がって、危険がないことを確かめてから、また歩きはじめる。

この森で遥が探す果実はたった一つ——宙の吐いた嘘の手がかり。

翔と話したその日のうちに、遥は調査を開始した。図書館の隅っこの机で、ひたすら数学書のページをめくり続ける。

素数。無限。宇宙。

リーマン予想。ポアンカレ予想。オイラーの予想。

宙が話してくれた知識が、まるで道しるべのように、数学の森のあちらこちらで光を放つ。そのうちのどれかは偽物のはずだ。光を放つ魔法の果実のように見えて、実はただの古びた電球。注意深く目を凝らし、遥は宙の嘘を見極めようとした。

しかし、何冊本を読んだところで、宙の説明と矛盾する記述は見つからない。

「探し方が悪いのかな……」ブロックみたいに分厚い本を閉じながら、遥は小さくつぶやいた。「それとも、あたしの頭が悪すぎるせい？」

正直、そのどちらもあり得る気がした。中学の図書室と違って、町立の図書館は大きいし、置いてある本も分厚いものが多い。おまけに、その中身はすべて難しい数学用語で書かれているのだから……。地図も持たずに宝探しをするようなものだった。さらに、場所は深さも分からない暗い森の中。

閉館時間を告げる音楽が流れ出して、遥はハッと顔を上げた。窓から見える空は、すでに紺色に変わっている。頭の奥に鈍い痛みを感じながら、遥は外に出た。生暖かい風が、気味悪く頬をなでていった。飛び飛びに設置された街灯をたどり、自宅へ急ぐ。

「ただいま」

「お帰り。遅かったわね」

「うん。図書館で勉強してた」

遥がそう答えると、お母さんは「そっか。受験生だもんね」と笑顔になった。

「晩ご飯、もうちょっと待ってね。おいしいの用意するから」

「うん」

遥は、ちょっと申し訳ない気持ちになる。遥が今やっていることは、多分、受験にはまったく役に立たない。おいしいご飯を作ってもらっても、その栄養を使って脳が働くのは、遥の個人的なわがままのためだ。

だけど、罪悪感に負けているわけにはいかない。

遥は、見つけなくてはならないのだから。

宙が吐いたという、一つの嘘を。

夕飯までのわずかな時間、遥は自室で頭を休めた。ふと、翔に何かＬＩＮＥを送ろうかと思ったけれど、何を言えばよいのか分からず、結局、スマホを置いた。


翌日も、遥は朝から図書館にこもった。知らない人からは、何かに取り憑かれているように見えたかもしれない。それくらい、脇目も振らずに数学書を読み漁った。

中には、遥の中学レベルの知識では、まったく読み進められない本も多々あった。だが、それならそれで良かった。遥が聞いたこともない数学ならば、宙から教わったことのない数学だということ。宙の嘘とは関係がないということだから。

問題は、「聞いたことがあるような、ないような」という類のものだった。見たことのある道のような気もするし、初めて通るような気もする。そんなときには、勇み足で進んでは、二度と同じ場所に帰ってこられない危険性があった。じりじりと、じりじりと。複雑怪奇な迷路のような道を、一歩一歩進んでいく。

一冊分に目を通し終えると、毎回、岩でも背中に乗せられたかのような疲労が襲ってきた。行けども行けども、ゴールは見えない。

二日目も、何の手がかりも得られなかった。

そして、三日目。

「あれ、遥？」

両脇に数学書を塔のように積み上げ、机にかじりついていると、横から声をかけられた。小声だったにもかかわらず、いきなりのことで、耳元で風船でも割られたような衝撃を受ける。遥は、椅子から跳び上がりそうになるのをこらえ、声の主に顔を向けた。

ロングの黒髪に、ほっそりとした体。冷たさすら感じさせる瞳をこちらに向け、聡美が立っていた。そして、その一歩後ろで二人分の鞄をぶら下げているのは、秀一である。

二人に会うのは、恐ろしいほど久しぶりな気がする。が、聡美とは教室で、数学屋の臨時営業日に会っているし、秀一とは一緒にトウモロコシを収穫した。せいぜい一週間前のはずなのに、何十年も時を経てしまったように思える。それほど、ここ数日のうちに考えたことが多すぎた。濃すぎる学習は、時間を引き延ばす作用があるらしい。

「やあ。二人とも、何してんの？」

「もちろん勉強だよ。受験生なんだからね」

間髪を容れず、秀一が答える。何を当たり前のことを、と言いたそうに、ちょっと口をとがらせている。遥は小さく、ため息を吐いた。

聡美と秀一は、家が隣同士の幼馴染み。去年、聡美が不登校に陥った原因も、秀一を含めた妙な三角関係もどきが原因だった。お互いに好意は持っているみたいだから、てっきり付き合うのかと思ったら……。秀一がチキンなのか、それとも聡美が焦らしているのか、とにかく変わらず幼馴染みのままらしい。まあ、二人とも特に不満はないようなので、遥は放っておいている。きっといずれ、なるようになるだろう。

「ほら、聡美さん。あなたも遥さんを見習いたまえ。彼女はあんなにたくさんの本を読んでいるじゃないか」

周りに配慮した囁き声で、秀一は言った。聡美は、遥の両脇に積まれた本をチラッと見て、「はいはい」とそっけない声で返した。

「秀一、そんなこと言ってるけど、一学期の成績は私より低かったでしょ。遥を見習わなきゃいけないのは、あなたの方じゃない？」

「うっ……。それはそうだけど……体育や美術に足を引っ張られたせいだよ。入試で使用する五科目の出来は上々だった。そちらの勉強は、万事滞りなく進んでいる」

「そう。でも入試は内申点も関係するんだから、二学期は音楽以外の実技科目も頑張りなよ」

秀一はシュンとしおれてしまった。秀一を言いくるめることができるのは、東大磯中で聡美だけなのではないだろうか。

「それより、席とっといてよ」

「あ、そうだね。じゃあ、向こうにいるよ」

小声でそんなやり取りをすると、秀一は鞄を二つ持ったまま、棚の間に消えていった。堅物で口うるさい秀一も、聡美の前では大人しい。というか、召使いっぽく見える。

去って行く秀一の背中を、聡美は黙って見送る。胸ポケットから見えるストラップは、今日は巨大な串焼きだった。やっぱり、理解不能なセンスである。

「この前はありがとう」

「あ、うん。お父さん、大丈夫そう?」

「なんとかね。おかげで夜は眠れるようになったって。ホント、気が小さいんだから」

「そうなんだ、良かった」

遥はホッと胸をなでおろした。これで少なくとも、再検査の前に倒れてしまう心配はなくなったわけだ。

羨ましいほどつややかな黒髪を、聡美はかき上げる。

「私も自分で調べてみたら、やっぱり宙君の言う通り、健康な人もけっこう引っかかる検査だったみたい」

「ま、逆よりいいよね。病気を見逃しちゃったら大変だし」

そう返して、遥は笑った。たしか、「ベイズの定理」だったか。数学のことで宙が間違うはずはないが、こうして計算通りに事が運ぶと、やっぱり嬉しい。

……と、そこまで考えて、胸がズキリと痛んだ。記憶の中でくすぶっていた火種が、ちょっとした刺激で燃え上がり、蛇の形をとってのた打ち回る。

宙が間違うはずない。けれど、宙は嘘を吐いていた。

想像と違った現実が、遥を内側から焼き焦がす。

しかも。遥の心をハンマーで殴るような言葉が、さらに聡美の口から飛び出した。

「そう言えば、もう聞いた？　葵と浩介さんのこと」

「え、何のこと？」

「あの二人、別れるかもしれないんだってさ」

「はっ⁉」

ここが図書館だと忘れて、ガタン、と立ち上がってしまった。聡美が口元に指を立てるので、顔を赤らめて座り直す。その間も、受けた衝撃は消えることなく、遥の体を芯まで揺さぶり続けていた。

「いったいどうして？　あんなに仲良さそうだったのに」

「そりゃあ、私たちの前で喧嘩したりはしないでしょ。高校生と中学生じゃあ、何かとすれ違っちゃうらしいよ」

囁き声で答える聡美。たしかに、以前、葵本人も言っていた。会える機会がずいぶん減ってしまった、と。この前教室で見たときは、そんな雰囲気はなかったのに……。

遥は、痛む額に指を当てた。

「聡美、気付いてたの？」

「全然。びっくりしちゃった」

「だよね」

自分の声なのに、ひどくよそよそしく聞こえた。脳が破裂しそうだ。吐き気を消し去ろうと、遥は首を振る。テーブルが、左右に揺れていた。

遥は、吐息混じりの声を漏らした。

「なんだろ……。カップルが別れることなんてさ、よくあることなんだろうけど」

「うん」

「いざ知り合いがそうなるっていうと、寂しいね」

「そうね」

「特にあの二人なんてさ……永遠にラブラブなのかと思ってたから」

自分のことであるかのように、胸が今にも張り裂けそうだった。いや、実際、自分と無関係ではなかった。対岸の火事ではない。燃えているのは隣家だった。

恋愛は不安定だ。そのことを、あらためて突き付けられる。

「ところで、遥は何してるの？　調べ物？」

「え……？　あ、うん、ちょっとね」

「目の下、クマができてる。無理してるんじゃない？」

鋭い。

遥は、思わずたじろいだ。

それとも、ひと目で分かるほどに、自分はひどい顔をしているのだろうか。恥ずかしくなって、遥は話題を逸らそうとした。

「それを言うなら、秀一も無理してそう。忙しいって聞いたよ」

秀一が去って行った方に、遥は目をやった。実際、噂を聞く限り、秀一は多忙をきわめているようだ。鳴立祭の実行委員長だし、吹奏楽部の指揮者としても、最後の演奏に向けて練習を積んでいるし……。もちろん、受験生でもあるし。

「秀一？　アイツは別にいいの。好きでやってるんだから」

冷たく突き放す、というよりも。信頼しているからこそ言えるような言葉だった。

「でも、あなたはそうは見えない」

心の深いところをノックされたような気がして、遥は息を止める。

あたしは、好きでやっているように見えない？

だったら、あたしは何のために？

遥は黙ってうつむいた。聡美が、小さくため息を吐くのが聞こえる。

「別に責めてるわけじゃない。ただ、あのときと比べると、今はすごく怖い顔をして数学に向かってるから」

「あのとき？」

「そう。月との距離を測ったとき」

言われて、遥は顔を上げた。去年の一〇月の鴫立祭。数百人の観衆の前でステージを乗っ取り、地球と月の距離を測ってみせた。たしかにあのときは、遥の人生で、最も数学を楽しいと思った時間だった。

でも、あれと比べちゃうのは、少し極端だと思う。

そんな突っ込みを入れようかと迷っていると、聡美が続けて口を開いた。

「私、物事を曖昧なまま放っておくのって苦手だからさ。好きなのか嫌いなのか分からないまま進んだって、きっとどこかでつまずくと思うの。遥はどう？」

「どうって言われても……」

遥は、その質問に答えられなかった。もちろん、数学は好きだ。でも、遥が今向き合っているのは数学なのか。それとも単なる自己満足で、せっせと無駄骨を折っているだけなのか。森の中でポツンと一人、行き場を失った気分だ。

聡美は、胸ポケットから垂れる串焼きストラップを片手でいじっている。

「私には、あなたが後ろ向きに歩いているように見える。進みたくないのに、足だけ無理に動かしてる感じ」

他の利用者に配慮した、囁き声だった。それでも、静まり返った図書館内の空気を通じて、遥の鼓膜を、胸を震わすには十分すぎる声だった。遥は、唇をかんだ。

「……分かんないよ」

その声は、聡美に届いたかどうか怪しいものだった。誰に対して言った言葉なのかも曖昧だった。耳が痛いほどの沈黙が、空気を澱《よど》ませる。

一分ばかり、そのままだっただろうか。頭の上から、そっけない声が降ってきた。

「それじゃ、私行くね」

聡美はくるりと踵を返した。その冷たさが、今はありがたかった。根掘り葉掘り訊かれでもしたら、頭が二つに割れてしまうところだった。

気を遣ってくれたのかもしれない。

秀一が去って行ったのと同じ方向へ消えて行く聡美を、遥はぼんやりと見送る。

かつて助けた女の子から、今はこんなに心配されている。情けない、と思う気力さえもなかった。

好きでやっているように見えない。

頭の中で、もう一度繰り返す。

分からない。たしかに、好きで今のような状況にいるわけではないけれど、これまでだって苦しい場面は多々あった。例えば、「恋愛不等式」を作ったとき。

$X<PY_1+(1-P)Y_2$

一年前、あの不等式にたどり着くまでの間に、遥と宙はずいぶん苦労した。そして、式が完成したと思ったら、すぐさま別れがやってきて……。「楽しかった」などという単純な言葉では、とても表せないことが立て続けに起こった。

だけど、やり遂げた。

ほめられた道じゃなかったかもしれない。決して、スマートな方法ではなかったのかもしれない。それでも遥たちは、恋愛と数学という、最も遠いところにありそうな二つを、結びつけることができた。

恋愛と数学。

恋愛と、数学？

そう言えば。さっきもどこかで、見た気がするな……。

遥は脇に積み上がった山から二、三冊を引っこ抜き、目次にざっと目を通した。やがて、それらしき項目を見つけると、パラパラとページをめくる。その書物——『世界史の中の数学』の中には、一八世紀に書かれた『淑女のためのニュートン哲学』の一節が引用されていた。


わたくしこう思わずにはいられませんわ……。空間的、いやむしろ時間的距離の逆二乗に比例するということが……愛情においても認められるのではないかしら。それゆえ8日のあいだ離れていると、愛情は最初の日の64分の1になってしまうのですわ。

本の中に登場する侯爵夫人のセリフだった。恋人同士でも、二人の距離が二倍になると愛情は「$\frac{1}{2^2}=\frac{1}{4}$」に、距離が三倍になると愛情は「$\frac{1}{3^2}=\frac{1}{9}$」になるというのだ。

「愛情は距離の逆二乗に比例する……」

自分の耳にだけはようやく届くくらいの声で、遥はつぶやいた。

「違う気がするなぁ……」

というか、違っていてほしい。だってこの説が——空間的にだろうと時間的にだろうと——正しかったら、遠距離恋愛なんてできっこない。あたしと宙君は、普段だったら大磯とボストンで、一万キロも離れているんだから、一キロのときと比べて愛情は「$\frac{1}{10000^2}$」、つまり一億分の一。三六五日離れていれば、初日と比べて……えぇと、約一三万分の一。両者をかけ合わせると一三兆分の一。

そんなバカなことがあるわけない。

スマホに表示された計算結果を消去してから、遥はその前後の部分に目を走らせる。

数学の専門書ではなくて歴史系の読み物だから、比較的スムーズに読み進められる。

……やっぱり。この『世界史の中の数学』という本にも書いてある。一八世紀、多くの女の人は数学を勉強したことがなかったらしい。だから、こういう「たとえ話」を差し挟んで、分かりやすくしたのだという。侯爵夫人の考えは、やっぱり正しいとは言えないのだ。

もちろん、遥にも分かる。人は、感情的な話の方が理解しやすい。どうして胸がドキドキするのか、その理屈は分からなくても、「それが『好き』という感情だ」と言われれば、普通の人は納得してしまう。

そう、普通の人は。

宙は、普通と違った。そういうあやふやな世界すら、数学できっちり説明しようとした。数学で説明できないことなどこの世にないと、示そうとするかのように。

遥は、その本をパタンと閉じた。立ち上がって伸びをして、また数学書の棚の間に足を踏み入れる。

宙は言っていた。数学で解けない問題はこの世にない、と。どんな問題だって、自分の力で解いてみせる、と。その言葉があったからこそ、遥はここまで歩いて来られた。宙の背中を、追って来られた。

ねぇ、本当に意味があるの？

心の隅っこで、もう一人の自分が声をかけてくる。

宙君の嘘を探すなんて。そんなことをして、いったい誰が得をするの？

分からなかった。自分がここでもがく意味。宙の嘘を探す理由。翔の優しい笑み。大事だと思っていたものも、確かだと信頼していたものも。すべてが、分からなくなった。

「……ん？」

そのときだった。

棚の一角。その本は、すべての人に忘れ去られたように、端に追いやられて収まっていた。藍色の背表紙、銀色の字。地味な装丁のその本のうち、遥を惹きつけたのはタイトルだった。

「不完全な、数学？」

胸がざわついた。息ができなかった。

信じていたものが崩れていった、どころの話ではない。その本を見つけてしまった瞬間。遥の世界は、ひっくり返った。

――私には、あなたが後ろ向きに歩いているように見える。

見つけない方が良かったのかもしれないと、遥は本気で思った。

解の三

〝神之内君〟が〝宙〟になった日

「父さんと母さんが、大喧嘩をしているんだ。今家に入ると巻き添えを食ってしまう」

マンションの前でうろうろしていた神之内は、明日菜と大智にそう説明した。風が、肌に爪を立てるように吹きすさぶ。ポケットに手を入れ、体を縮める神之内を見て、大智はため息混じりに言った。

「だからって、そこにいたら風邪ひくだろ」

「ひくとは限らない」

「くそったれめ。こんなときまで屁理屈を言うんじゃねー。てめーが風邪で休んだら誰がプリントを家に届けると思ってんだ。こっちに来い」

苛立たしげに、大智は神之内の腕を摑んだ。引きずるような恰好で、街灯の下をずんずん進んでいく。慌てて、明日菜は後を追った。

数分歩いたところで、ファストフード店に行き当たる。自動ドアをくぐると、別世界みたいに温かい空気が迎えてくれる。適当な席に着いて、三人は人心地ついた。

「ほら、俺がおごってやるからよ。ありがたく思え」

大智がホットココアを三つ、テーブルの上に差し出した。明日菜は「わぁ、ありがとう」とはしゃいで、カップに手を出す。でも、熱すぎたのですぐに手を引っ込めた。

一方、神之内は小さく頭を下げたっきり、カップから立ち上る湯気を見つめている。

「ココアがそんなに珍しいのか？」

「うん。甘くて温かい飲み物というのは、あまり飲む機会がないからね」

大智の質問に、神之内は真面目くさって答える。「へぇ」と適当に相槌を打ってから、大智はココアをひと口すすって、怪訝そうに問いを重ねた。

「で？　なんだって親が喧嘩してたんだ？」

「別に大きな理由はないよ」

「いつもの通り？」

「そう、いつもの通り」

神之内は毒見でもするような具合で、ココアにそっと口をつける。大智が肩をすくめる一方で、明日菜はいまいち状況を摑めない。

「うちは、父さんがかなり変わった人でね。数学教授をしているんだけど……。問題を考え始めると、すごく神経質で怒りっぽくなるんだ。ちょっとした音を立てただけでも、怒鳴られる」

なんだか、他人事みたいな言い方だった。

「だから、母さんもストレスがたまっているんだ。いつも疲れた顔をしているし、ブツブツ文句を言っている。僕が家にいると、八つ当たりをしてくる」

「それで、外で勉強するようになったんだよな」

「うん。外出の理由を聞かれても、数学の勉強のためだって言えば、さすがに文句を言われることもないからね」

明日菜は「ふぅん」と口をとがらせた。なんだか、息子の数倍面倒くさそうな父親だ。そんな人と生活していたら、疲れて八つ当たりもしたくなるだろう。明日菜は、神之内とその母親に少し同情した。

「神之内君、朝も早く来て勉強してるもんね。苦労してるんだ」

「慣れれば、そうでもないよ」

神之内が平気そうな顔をしたので、明日菜はそれ以上何も言わなかった。黙って、自分のカップに口をつける。甘いココアのはずなのに、なぜか味を感じなかった。

三人は、しばらく無言で向かい合っていた。店内はそこそこ混雑しており、制服の中高生たちが、友だちとのおしゃべりに花を咲かせている。彼らはああして、時間を潰す。何事も起こらなかった日常を思い返し、口から出しては笑い合う。それだけで、今日一日に満足し、また明日に向かって進んでいく。

毎日はその繰り返しだ。明日菜はそれが嫌いだった。女子同士のなれあいとか、共感とか。そういうものが嫌いだった。同意したくもないのに「分かる〜」と頷いたり、興味もないのに「マジで？」と食いついたりするのには、いい加減飽きていた。いつしか、へらへら笑っているだけになったのには、そうした原因もあると思う。

周囲からは、ひっきりなしに雑音が飛んでくる。明日菜がそれらにうんざりしかけていると、不意に神之内がノートを取り出した。

「なんだ？　勉強すんのか？」

「いいや。ちょっと気になることがあってね」

神之内は、スッと右の人差し指を伸ばした。その指し示す先へ、明日菜と大智も目を向ける。入り口の自動ドアがあるだけで、珍しい物は何もない。

「なんだよ、何があるってんだ？」

「メニュー表だよ」

眉一つ動かさずに、神之内は答えた。見るとたしかに、入り口付近にはメニュー表が大きく掲げられている。ハンバーガーやポテトの写真が、実物の二倍くらいおいしそうに写っている。

神之内はいそいそと、ノートに数字を書き込みはじめた。

「注文の組み合わせによって、値段やカロリーがどう変化するか、興味深いでしょ?」

「いや、あんまり」

明日菜は正直に答えた。「あんまり」というか、まったく興味がなかった。でも、神之内のこういう習慣も、夫婦喧嘩から逃れて外で勉強するうちに身についたのかと思うと、少しやりきれない気分になる。

否定されたにもかかわらず、神之内はショックを受けた様子もなかった。ずいぶんときれいな文字で、三桁の数字をいくつか並べていたかと思ったら、眼鏡の奥の両目を急に細める。

「値段はこれでいい。でも、カロリーは小さすぎて、ここからだと見えないな。白石君、見えるかい?」

「バカか。無茶苦茶言うな」

大智は即答した。だから代わりに、明日菜が目を凝らしてみたけれど、やっぱり無理そうだった。明日菜は目が悪い方ではないが、ちょっと遠すぎる。

「仕方ない。近付いてメモしてこよう」

「いや、待て。迷惑だろ。ちったぁ考えろ」

立ち上がりかけた神之内の肩を、大智が押さえた。たしかに、メニュー表は出入り口のすぐそばだ。大した用もないのにあそこに陣取ったら、自動ドアが開きっぱなしになって、寒風がひっきりなしに入り込むことになる。営業妨害である。

不満そうな顔をする神之内。すると、何を思ったのか、大智がニヤリと笑った。

「そうだ。コイツをかけてみろよ」

大智は、自分の鞄をゴソゴソとあさり、プラスチックのケースを取り出した。開くと、中には黒縁の眼鏡が収まっている。明日菜は首をひねった。

「これ、大智の？」

「ああ。俺が家でかけてるやつだ。だせーから、外ではコンタクトにしてる」

眼鏡を神之内に手渡しながら、大智は照れくさそうに言った。たしかに、銀のピアスに黒縁眼鏡では、しっくりこないだろう。これまで眼鏡姿を一度も見たことがなかったのは、そういうことか。

「ふむ、ありがとう」

受け取った眼鏡を、いろいろな角度から眺めてから、神之内は礼を言った。両手で持って、自分の顔のところに持っていく。

あれ？　ちょっと待って。

この人はもう、自分の眼鏡をかけてるけど……。

明日菜が突っ込みを入れる前に、神之内は大智の眼鏡をかけてしまう。正確に言えば、自分の眼鏡の上に、大智の眼鏡をあてがっている。

なんというか、あまりにも滑稽だった。

「ほら、どうだ？」

「う～ん、せっかくだけど、眼鏡を二重にかけても、やっぱり見やすくはならないよ」

「なんだよ、そうなのか。つまんねーな」

残念そうな顔をする、大智と神之内。

この人たち、もしかしてものすごくおバカなのかな。

「そうだ、ちょっと貸してみろよ」

大智は、自分の眼鏡を返してもらってから、なぜか神之内の眼鏡を取り上げた。神之内は「あっ」と小さく叫んで、目をしばたたく。明日菜がポカンとして見ていると、大智は、神之内の眼鏡を自分でかけてしまった。銀色のフレームで、レンズが横に細い眼鏡だった。

「うわっ、なんだこれはっ⁉　世界が歪む！」

「コンタクトもつけてるからでしょ」

「ああ、そりゃそうか」

　そう言って笑い、大智は明日菜に顔を向けた。眼鏡に手をやって、ちょっと気取った仕草。明日菜は、胸がドキリとした。

「こういうデザインの眼鏡だったら、外でかけてもいいかな」

「うん、カッコいい」

　本心から、明日菜はそう言って褒めた。大智は「よせよ」と恥ずかしがると、すぐに眼鏡を神之内に返してしまった。写真くらい撮りたかったけど、仕方がない。

　大智はそれから、何を思ったのか自分の黒縁眼鏡をまた神之内に手渡した。神之内は、大智の眼鏡をまたひとしきり観察してから、自分の顔にかける。

「あれ、意外と違和感がない。度数が同じなのかも」

「そうなのか？」

「うん。ただ、僕にはちょっと大きいな」

　神之内は鉛筆のお尻で眼鏡を押し上げ、ズレを直す。大智はそれを見て、口を開けてゲラゲラ笑っている。

　本当に、分かんない。

　大智と神之内を交互に眺め、明日菜は思う。

この二人、仲がいいの？　悪いの？

「ああ、それから……。今日はありがとう、白石君、佐伯さん」

黒縁眼鏡を大智に返しながら、神之内は言う。変わらない無表情だけど、心なしか、声はさっきより和らいでいるようだ。やっぱり、両親が喧嘩ばかりで息苦しかったのだろう。変な奴だけど、そこだけは可哀そう。

「礼なんていらねーよ、気持ちわりい。それにな、別に恩を売るつもりもないからな。これからも言いたいことがあったら、遠慮なく言ってこい」

視線を逸らし、鼻の頭をかく大智。貸し借りは作らない、というのは、いかにも大智らしい。そして、そう言われるとあらかじめ分かっていたかのように、神之内は澄ましている。

「うん、分かったよ」

「そうそう、それでいい。俺はその上で、文学の素晴らしさをてめーに納得させてやるからな」

「望むところだよ。僕は僕で、数学の力を必ず君に伝えてみせる」

やっぱりだ。野球とかテニスとか、そういう世界でありそうなやり取りだった。「スポーツマンシップ」という言葉がしっくりくる。だけど、「文学好きと数学好きとの間で、スポーツマンシップに則った喧嘩が行われている」なんて、友だちに話したって信じてもらえそうにない。

「あと、もう一つ。前から言おうと思ってたんだがな。俺は〝宙〟って呼んでるのに、てめーはどうして俺を苗字で呼ぶんだ？」

大智が、口を少しだけとがらせる。そんなことが不満だったのか。なんだか可愛い。

「考えたこともなかった。相手を識別できれば、何と呼んでも同じじゃないかな？」

「バカ野郎、全然違うぞ。『シライシ』は四文字で、『ダイチ』は三文字。短い方が呼びやすいだろ？」

大智が右手に四本、左手に三本指を立てる。ずいぶん変わった言い分だった。

「素直に言えばいいのに。親しい相手から苗字で呼ばれるの、なんとなく嫌なんでしょ？」

「うっ……」

どうやら図星だったらしい。大智は、ばつが悪そうに口をへの字に曲げた。

神之内は、二人の言葉を嚙み締めてゆっくりと吞み下すように、しばらくじっとしていたけれど、やがてニコリと笑って、言い直した。

「今日はありがとう、大智君、明日菜さん」

「だから、礼はいらねーってんだよ。ああ、もちろん明日菜も、これからは『宙』って呼べよ」

「は～い」

片手を上げて、明日菜は答える。

やっぱりこの二人、仲が良かったんだ。意見がまったく合わないのに仲良くなれるなんて、ちょっぴり不思議。単純に「喧嘩するほど仲がいい」ってやつかな。

神之内――いや、宙は、何事もなかったかのようにココアに口をつける。明日菜も、冷え切ってしまう前に飲み干そうと、カップに手をかけた。

「便所に行ってくる。大きい方な」

いきなり立ち上がると、大智は笑顔でそう言った。明日菜は何も言わずに、上げかけたカップをソーサーに戻す。

台無し。

大智は鼻歌を歌いながら、トイレの方へと歩いていく。当然、後には明日菜と宙がポツンと残された。周囲の中高生たちのおしゃべりが、急に耳につきはじめる。

無言でココアをすすって、宙はノートをパタンと閉じた。カロリー計算は、ひとまず諦めたらしい。テーブルを挟んで、明日菜と向かい合わせ。

どうしよう。急に話題がなくなっちゃった。

「えぇと、じんの……じゃなかった、宙は、大智とは付き合い長いの？」

沈黙に耐えかねて、明日菜は尋ねてみた。こういう場合は、共通の知り合いをダシにして話すのが一番だ。宙が、視線をココアから明日菜に移す。

「うん。小学校の三年生の頃から、ずっと同じクラスだよ」

「そうなんだ。小学校の頃の大智……どんな感じだった？」

「今とあまり変わらないんじゃないかな？　言葉遣いは乱暴だけど、すごく話しやすいし、ハンサムだし、友だちみんなから頼りにされてたよ。六年生のときには、学級委員長をしていた」

しまってあった記憶を、壊れないようにそっと引っ張り出し、なおかつ、できるだけ正確に伝えようとしているように見えた。誠実な人なんだと、明日菜には分かった。

「出席番号が近かったから、もともと学校でも挨拶くらいはしていたけど……。きちんと話したのは、図書館が初めてだったかな」

「えっ、あの図書館？」

「うん。僕は両親の喧嘩を避けて図書館に来た。彼はお説教から逃げ出してきた」

「似た者同士なんだね」

「ふむ、そうなのかな？」

「うん、そう思うよ」と、明日菜は微笑みながら言った。もちろん、大智が自分から火種をばら撒いているのに対して、宙に降りかかる火の粉は両親からのとばっちりだと、分かってはいる。それでも、明日菜は二人を「似た者同士」と呼びたかった。

「多分大智って、大人からしたら扱いづらいんだろうね」

「そうだね。誰も彼を縛ることはできない。自分の生き方は、必ず自分で決める人だ」

両手でカップを挟んで、宙は真面目な顔をする。なんだか、少しくすぐったかった。

自分の恋人を褒められて、悪い気はしない。

この二人が親友であることは疑いようがない。

だからこそ、明日菜はそれを尋ねてみようと思った。

「ねぇ。宙は、どうして大智と喧嘩ばっかりしてるの？」

電池が切れかけたおもちゃみたいに、宙の動きが一瞬、完全に止まって、また再開する。そんな質問をされるとは、思っていなかったらしい。

でも、訊かないわけにはいかなかった。一番気になっていたことだから。

固唾《かたず》を呑んで、答えを待つ明日菜。宙は、アゴにそっと手をやったかと思うと、真面目くさった口調でこう言った。

「感情の面では、いつだって彼が正しいんだ」

「えっ？」

反射的に聞き返し、明日菜はそれっきり固まってしまった。別に、突飛な答えだったからではない。逆だ。その答えに、明日菜は聞き覚えがあったから。

同じだ。

宙は、大智と同じことを言っている。

――論理的には、正しいのはアイツなんだよ。

いつだったか、宙と喧嘩ばかりしている大智をたしなめたとき、彼は明日菜にそう言ったのだ。どういうこと、と尋ねると、彼はこう続けた。

――多分、宙は実際に世界の仕組みを作る側の人間なんだろうな。

世界の仕組み。突拍子もない言葉に聞こえた。

――だけど、仕組みをきちんと働かせるには、俺みたいな人間が表舞台に立つ必要がある。数学を理解しようとしない連中を、熱いパッションで動かしてやるわけよ。

「大智は、そんなふうに言ってたよ。あのときは、なんのことだか分からなかったけど……」

「ふむ」

大智の言葉を、記憶を頼りに伝えると、宙は難しい顔をして腕を組んだ。

大智は宙が正しいと思っている。宙は大智が正しいと思っている。それなのに、顔を合わせるたびに口論している。どうして、そんなややこしいことになっているのか。それが知りたくて、明日菜はじっと、宙の言葉を待った。

やがて。

「……大智君の家に、一度だけ遊びに行ったことがあるんだ」

大きな石の扉を、じりじりと開くみたいに、宙は切り出した。騒がしく響く話し声の中、一つだけ異様に落ち着いた声だった。

「部屋には、児童文学だけじゃなくて、夏目《なつめ》漱石《そうせき》や芥川《あくたがわ》龍《りゅうの》之介《すけ》の本も置いてあった」

「えっ、それって……」

「うん。一世紀ほど前の小説だ。他にもミステリーとか、歴史物とか、青春系とか、お仕事小説とかもあったかな」

次々と言葉が飛んできて、受け止めきれずに、明日菜の頭はぐるぐる回る。大智といえば、ムーミン、トム・ソーヤー、少年探偵団。児童文学以外の本を読んでいるところなんて、見たことがない。

それなのに。

宙は、そんなイメージを容赦なく壊しにかかる。背もたれに体を預け、先を続ける。

「僕も一冊、薦められたよ。森鷗外の『雁』だったかな。結局、全然理解できなかったんだけどね」

「森鷗外？　聞いたことくらいは、ある気がする……多分」

「うん。明治とか大正時代に活躍した文豪《ぶんごう》だね。『雁』には数式が出てくるから読んでみろ、って言われたんだ。結局、最後の方に一か所出てくるだけでね。あれには、まんまとやられたよ」

明日菜はもちろん、『雁』がどういう小説なのか知らない。大智が「数式が出てくる」というだけで人に薦めるはずがないから、きっと良い小説なのだろう。自分の好きなものを他人と共有したい、という気持ちは、明日菜にも分かる。

そう言えばあたしも、薦められた本があったっけ。たしか『赤毛のアン』。読書って全然したことないけど、試しに読んでみようかな。

暗い窓にチラリと目をやってから、宙はテーブルの上で指を組む。

「彼は、児童文学に固執《こしつ》してるわけじゃないんだ。子ども向けも大人向けも読んだ上で、前者を選んでいる。もしかしたら、数学も同じなんじゃないかな」

「数学も同じ？　どういうこと？」

「多くの人は、数学が『分からない』から、『当てになるはずがない』という。でも、大智君は違う。全部理解した上で文学を選んでいる」

それって、つまり……。

混乱する頭の中で、明日菜は必死で情報を整理する。でも、浮かんでくるのは疑問ばかりで、確かな答えは何もなかった。

大智は、数学を理解している？

「論理的には、正しいのはアイツなんだよ」っていうのは、大智の本心ってこと、かな？

じゃあ、どうしていつも、あんな調子で反論するんだろう？

納得するどころか、ますます困惑する明日菜。宙は、握った鉛筆の先をじっと見つめている。

「僕は彼に、実際に数学が人の役に立つところを何度も見せている。多分、数学の正しさも理解してくれている。彼はその上で、文学の持つ力を信じているんだ。だから論理をすべて捨て去って、心でぶつかってくる。僕に文学——特に児童文学の持つ魅力を伝えようとして、ね」

「心で、ぶつかる……」

明日菜は言葉の意味を摑もうとするが、どれも手を伸ばしたそばから煙のように消えてしまい、何一つ形として残らない。自分が宙の話を本当に理解できているのか、いないのか、まるで判断できなかった。

「ああ、ごめん。分かりにくかったかな?」

明日菜の心を見透かしたように、宙は言った。いつも表情が変わらない明日菜にとって、それは珍しい経験だった。

宙は少し考え込んだ末、ふと空いた椅子——先ほどまで大智が座っていた椅子に目をやる。大智が愛用している、黒のショルダーバッグが残されていた。

「多分、今日も持ってきているだろうね、『冒険者たち　ガンバと15ひきの仲間』の文庫版。彼は、いつもバッグに入れている」

「あ、たしかに。なぜかいつもあの本持ち歩いてるね。よっぽど好きなのかな?」

「あれはプレゼントされたものなんだよ。図書館でボランティアをしていた女性から」

「えっ⁉」

明日菜が上げた小さな叫び声は、すぐに周囲の喧騒に包まれて消えていった。自動ドアが開いて、客とともに寒風が流れ込むと、店内の空気がかき回される。このときばかりは、へらへらとした微笑が崩れていたかもしれない。大智と付き合い始めて半年ほど経つけれど、そんな話は聞いたことがなかった。

風がやむのを待ってから、明日菜は口を開く。

「それって、大智の初恋の人っていう……読み聞かせの？」

「ふむ。初恋とか、そういうことに関しては、よく分からない」

宙は、曖昧に首を傾けた。それから記憶を探るように、鉛筆をこめかみに当てる。

「彼女がボランティアを辞める日にね。毎回聴きに来てくれたお礼にって、その本を渡されたらしい。もう一年ほど前になる」

宙の言葉は、一つひとつがカメラのフラッシュみたいになって、明日菜をその場で立ちすくませた。ボランティアの人の話は、以前、大智から聞いていた。毎週土曜日に図書館に来て、小学生向けの読み聞かせをしていた女子大生。大智は、その人の声が大好きだった。「手伝いをするついで」などと言って、その人の朗読を毎週欠かさず聴いていた。

顔も名前も知らない、彼氏の初恋の相手。

たしか、大学卒業と同時に、ボランティアも辞めてしまったという話だったのに……。辞める際に、プレゼントを残していったなんて。油断ならない人だ。なんだか心がモヤモヤして、少しだけ、胸の奥が痛んだ。

宙が、手の中の鉛筆をクルリと回した。

「大智君に児童書の面白さを伝えたのは、その女性だった。曰く、児童書は『子どもが読む本』じゃなくて、『子どもも読める本』らしい。つまり、大人も、子どもも、その中間にあたる中学生も、誰でも読むことのできる本ってことだね」

「全年齢対象、ってこと？」

「その通り。だから、小学校を卒業した今でも、児童書を卒業しようとはしない」

表情一つ変えず、彼は淡々と語る。明日菜の動揺になど、まるで頓着しない様子で。

そりゃそうか。だってこの人、恋とかしたことなさそうだし。

「だから、大智は児童書にこだわってる……」

「うん。その女性に教わった魅力を僕に全部伝えるまで、大智君は諦めないだろうね」

「だったら、あんなふうに言い返さないで、もう認めてあげればいいのに」

「そうはいかない。僕にも僕の信念があるからね。きちんと論理的に納得するまで、彼の話を聞き続けるつもりだよ」

そう言って、宙は黙った。何か重大な秘密が隠されているかのように、じっと鉛筆の芯を観察している。

喉の辺りに詰まっていたものが、胸にストンと落ちた気がした。聞かない方が良かったのかな、と、心の中で一瞬だけ迷いが生まれる。だけど結局、チロチロと胸の奥で燃える嫉妬よりも、別の感情の方が大きいことに気が付いた。

大智のこと、もっと知りたい。

あたしのことも、もっと知ってほしい。

そんなシンプルな想いが、心に満ちる。

「……大智ってさ、カッコいいよね」

「うん」

何の脈絡《みゃくらく》もない言葉だったのに、宙は迷うことなく同意してくれた。

きっとその女の人だって……白石大智という人を形作るために、なくてはならない人だったんだと思うから。今は、感謝しよう。

もちろん、大智にとっての一番を渡すつもりはない。

他にもライバル多そうだから、頑張らないといけないなぁ……。

ココアは、すっかり冷めてしまっていた。底の方が濃くなって、ちょっぴり苦い。トイレの方を見ると、ちょうど大智が帰ってくるところだった。

「どうした？　ニヤニヤして。何話してたんだ？」

「ん〜、別に」

不思議そうに尋ねられたが、明日菜はごまかした。無論、宙も何も答えようとしない。大智は、のけ者にされた子どもみたいな顔をした。

「もう一時間経つね。いつもの調子だと、夫婦喧嘩もそろそろ一段落していると思う」

時計を確認すると、宙はカップを持って立ち上がった。その言葉を聞いて、明日菜は驚く。知らぬ間に、そんなに時間が経っていたのか。

明日菜と大智も自分のカップを手に取り、返却口に置いてきた。自動ドアへ向かいながら、宙が大智に話しかける。

「ココアの代金、払うよ」

「そんなこと気にすんなよ。おごるって言ったろ」

「ふむ。だったら今度、僕がおごろう」

「おお、じゃあラーメン頼む」

「ココアと同じ値段までだよ」

「なんだよ、ケチくさいな」

ふて腐れたように、下唇をつき出す大智。本当に子どもみたいな人だ。でも、そこがいい。

ファストフード店から出ると、その場で宙と別れた。「また学校で」とだけ言って、宙は二人に背を向けて去って行く。明日菜と大智は、反対の方角へ歩きだした。

「悪いな」

冷たい夜の空気をかき分けて、二人で並んで歩いていると。急に大智がしんみりとした声で言った。顔を覗き込むと、彼はちょっとうつむいていた。

「せっかく二人きりでいても、宙に会うと……その……、長話とか、喧嘩とか」

「いいよ、そんなこと」

強く吹き付ける冷たい夜風が、二人の間にある余計なものを、全部取り払っていくようだった。

「急にどうした？　いつも不満そうじゃねーか」

「別に〜。ただ、二人は仲良しなんだな〜って分かったから」

いつも通りのお気楽な調子で。明日菜は体を左右に揺らす。

「もう文句は言わないよ。彼氏が親友とおしゃべりするのくらい、許してあげなきゃね」

多分、そういう相手って、すごく貴重だと思うから。ちょっぴり、羨ましい。

夜空を見上げるとお月様が、真珠のかけらみたいに輝いている。大智の肩で、ショルダーバッグが揺れていた。大智の大切な本が入った、黒いバッグ。

「大智、あのさ……」

　言いかけてから少し迷い、結局、喉から出しかけた言葉を呑み込んだ。いつもの笑顔を浮かべて、ただ首を振る。

「やっぱりいいや。なんでもない」

「なんだよ、気になるな」

「へへ、内緒」

　今はまだ、訊くのはやめておこう。

　もちろん、知らないふりをするわけじゃない。ただ、今はまだそのときじゃない気がする。

　大智のことで、まだ知らないことがずいぶんあるようだから。時間をかけて、理解していきたい。もちろん、あたしのことも、もっと理解してもらいたい。

「明日菜」

「ん？　何？」

「俺さ、やっぱ……お前が好きだわ」

　そっけない声で、しかも、そっぽを向きながらだったけど。大智は、確かに言ってくれた。心臓がスキップして、胸から飛び出しそうになる。

大智の腕に、飛びついてみた。コートの上からだけど、間違いなく彼の腕だった。この腕は彼の胴から伸びていて、腕の根っこのそのまた奥には彼の心臓があって、今も一生懸命に動き続けている。全身を巡った血液が、彼の手足を動かす力になる。

いきなり飛びつかれて驚いたのか、大智はギクシャク歩いている。コートのポケットにねじ込んである文庫本の感触が、明日菜のお腹の辺りに触れた。

口が悪くて、デリカシーがないところがあるけれど。顔も生き様もカッコいい、あたしの彼氏。友だちからも信頼されて、認められている、あたしの彼氏。

この人のことを、もっと知りたい。あたしのことを、もっと知ってほしい。

胸の辺りが、温かくなった。息が苦しい、キュンとするような感覚ではなくて。包まれるような安心感。

いつまでも一緒にいたいという、そんな想い。

両手で握って、二度と放したくないと願った。

明日菜は、確かに願ったはずだ。

大智が交通事故に遭ったのは、その三日後のことだった。

問四・命の価値は測れるか

ボックス席の一角に腰かけて、遥は窓辺に肘をつき、線路の続く先をぼんやりと眺めていた。等間隔に建てられた無個性な電柱たちが、飛ぶような速度で背後に過ぎ去っていく。家々の向こうには、山の何倍も大きく膨れた入道雲が見えた。

夏の景色を置き去りにして、遥は電車に揺られ続ける。みずみずしく葉を光らせる木々も、虫取り網を持って走る子どもたちも、飛び交う蟬もトンボも、全部が過去のものであったかのように、次第に次第に、見えなくなる。代わりに、灰色のビルが増えてくる。真夏の陽射しをたっぷり浴びて、フライパンみたいに熱くなっているであろうコンクリートは、同時に、ぞっとするほど冷淡にも見えた。

東京へ。

短い決意が、遥の心にポチャンと落ちて波紋を作った。

膝の上に乗せていたバッグを、遥はギュッと抱く。中には、図書館から借りた本が一冊、大事にしまい込まれている。昨日と一昨日、寝る間を惜しんで読み続けた本だった。

『不完全な数学』。それが、本のタイトルだ。遥が理解できたのは、本の中身の一割ほど。宙の吐いた嘘を見抜くだけなら、それだけで十分だった。

しかし。それでもなお、分からないことも残っている。

宙はどうして、こんな嘘を吐いたのか。

後からだって、「ごめん、この前の話は、少し間違っていた」とかなんとか言って、ちょっと訂正すれば済むことなのに。宙はそれをしなかった。あるいは、できなかった。

「会わなくちゃ」

車輪と線路がこすれる音に、かき消される程度の声で。遥は一人、つぶやいた。

「宙君に、会いに行かなくちゃ」

数珠つなぎになった鉄の箱は、遥の決意すらも呑み込んで、猛スピードで線路を行く。望もうが望むまいが、もう後戻りはできない。

今回は、後先考えずに宙を追った一年前とは違って、きちんと事前に、宙にメールを送っておいた。「日本を離れる前日なら時間が取れる」と返信があり、待ち合わせ場所として、一つの駅名を指定された。
多磨霊園《たまれいえん》
遥は眉をひそめた。ほとんど神奈川から出たことがない遥だけど、それがどういう場所なのかは知っている。少なくとも、女の子との待ち合わせに使う場所ではなかった。

今さら宙に常識を求めるのは間違っている。何が出たって、驚くものか。遥は余計な考えを頭から排除し、電車を何度も乗り継いで、ひたすら多磨霊園を目指した。

そして、家を出てからおよそ二時間後。

遥はようやく、京王線の多磨霊園駅に降り立った。乗り物酔いをした上に、急に灼熱の太陽の下にさらされて、軽い目眩を感じる。一旦、日陰に避難して体を落ち着かせてから、遥はホームの階段を上って改札階に出た。

「あ、遥さ～ん。こっちこっち～」

改札を出てすぐのところで、女の子の声が飛んでくる。遥は反射的に「うっ」とうめいて、慌てて笑顔を取り繕う。Tシャツの首元にサングラスをかけ、ショーパンからほっそりとした足を伸ばした、明るい髪の女の子。へらへら笑って手を振っているのは、明日菜だった。

隣には、真っ黒なボタンダウンを着た宙が立っている。遥が駆け寄ると、宙は眼鏡のズレを片手で直した。

「遠いところ、ありがとう」

「ううん、宙君こそ、時間作ってくれてありがとう」

「いいんだ。どっちにしろ、ここには来る予定だったから」

長袖で暑いのだろう。宙の額からは、幾筋もの汗が流れ落ちている。本当に、どうしてもっと涼しい恰好をしないのか。Tシャツ姿の遥や明日菜と並ぶと、一人だけ違う季節を過ごしているように思えた。

汗は流れるに任せて放置し、宙は出口の方を指差した。

「せっかくだから案内するよ。君にも知ってほしいんだ」

宙の服装にばかり目を向けていた遥は、また気を引き締める。これからいったい、どこへ行こうというのだろうか。明日菜の顔色をうかがっても、やっぱりへらへらしているだけで分からない。仕方なく、遥は二人の後に従った。

駅前ロータリーに停まっていたくすんだ色のバスは、宙、明日菜、遥が乗り込んだ直後にドアを閉め、巨体を揺らして発進した。古びた商店街の間を抜け、錆びた停留所をいくつか通りすぎる。三人は一番後ろの席に、宙を真ん中にして並んで座っていたが、バスが揺れている間、ひと言も口をきかなかった。

やがてバスは、葉桜がトンネルのように天蓋を覆う並木道に出た。左右に時々石材店が見える。

「多磨霊園表門」という停留所で、三人はバスを降りた。

表門の左右には、来訪者を出迎える形で、桃色の花をブドウの房のように咲かせる木があった。あのつるつるの幹は、たしかサルスベリだったか。てっきり門をくぐるのかと思ったら、その鮮やかな色合いの花を尻目に、宙と明日菜は脇道に逸れてしまう。遥は慌てて、後を追う。

多磨霊園の敷地のすぐ横の細道を、三人は一列になって歩いた。炎天下であったが、無数に植わった樹木がアーケードのようになって、暴力的な太陽光を遮ってくれる。

霊園、か。

木々の間から敷地内を見ると、灰色の墓石が無数に立っている。昼間であっても、少し薄気味悪い。大きな足音を立てるのがはばかられて、遥は静かにサンダルを進めた。

やがて、遥の額からも大粒の汗が滴る頃、宙と明日菜は一つのお寺の前で足を止めた。車道を挟んで霊園に隣接した、小さなお寺だった。二人は一礼して門をくぐる。遥も遅れて足を踏み入れた。

そのお寺もやはり、建物の後ろには墓地が控えていた。お盆には少し早い平日だからか、遥たちの他に人はいない。

墓石と墓石の間には、碁盤《ごばん》の目みたいに通り道がひいてある。その道を、宙と明日菜は迷いなく進む。そして、一番端の墓石の前で立ち止まった。他と比べるとその墓石はつるつるしていて、まだ新しそうだった。

かがみ込んで、墓誌に目をやる。やはり最近彫られたもののようで、少しも磨り減っていない。

俗名　白石大智
享年十三歳

「僕の親友のお墓だよ」

胸に直接投げ入れられたかのように。宙の言葉が、遥を揺さぶった。えっ、と声に出したつもりだったけど、口からは空気が漏れ出ただけだった。体を起こして振り返ると、宙の目は凪いだ海よりも静まっていた。

「死んじゃったんだ。交通事故。そろそろ一年半になる」

感情をすべて置き去りにしたような、恐ろしく淡々とした声だった。この酷暑の中、背筋に寒気を感じて、遥はブルッと震える。

霊園で待ち合わせた時点で、誰かのお墓に案内されることは、薄々予想していた。けれど、いざ現実として目の前に差し出されると、言葉を発することさえできない。

宙の親友の、お墓。

それが何を意味するのか、頭が追いついてくれなかった。

「僕は君に隠していた。申し訳ない」

宙は遥に向かって、深々と頭を下げた。どうして宙が謝っているのか、すぐには分からなかった。五秒ほど経ってから、脳内に稲光が走り、記憶が隅々まで照らされる。

一年半。転校。夏。真っ黒の学ラン。

遥はようやく気が付いた。

喪服《もふく》だったんだ。

宙は、ずっと親友の喪に服していたんだ。

真夏の太陽が、じりじりと遥たちを照らし続ける。DVDを一時停止したみたいに、二人は動きを止めていた。宙は、頭を下げたまま。遥は、茫然と立ち尽くしたまま。

宙が顔を上げるまでに、たっぷり一分間はかかった。顔を上げてからも、二人は言葉を交わさない。適切な言葉を思いつかなかった。口から外へ出したとたんに、すべてが嘘に変わってしまいそうだった。地上なのに、深海のように息苦しい。

「……あ、桶とかひしゃくとか、借りてこないと。ちょっと待ってて」

重たい空気に耐えかねたのだろうか。心なしか頬をこわばらせ、宙が言った。ギクシヤクと踵を返して、お寺の建物の方へと歩いていく。残された遥は、必死で脳を働かせようとして、ことごとく失敗した。意味のあることを、何一つ考えられない。

「許してあげてね。宙だって、隠し事をしてるの気にしてたみたいだから」

宙の背をぼんやりと見つめていると、明日菜が声をかけてきた。遥は、のろのろと首を振った。

「許すも何も、怒ってないよ。びっくりしてるだけ」

明日菜は「そう」と答えてまた笑う。大して興味がないようにも、驚いているようにも聞こえる。相も変わらず、感情が読みにくい。

そして、その読みにくい表情のまま、サラッととんでもないことを口にした。

「このお墓の下にいる大智って人はね、あたしの彼氏だったの」

「えっ……？」

「いや、別れたわけじゃないから、今も彼氏かな」

明日菜は、まだ新しい墓石をそっとなでた。

「二人で行きたいところもたくさんあったし、話したいこともたくさんあったんだ。それももう、できないんだけどね」

ちょっと待ってと、制止したいくらいだった。何を言われても驚かないつもりだったけど、一度に襲ってくる情報が多すぎた。頭の奥が、ズキズキと痛む。

宙の親友は、一年半前に亡くなっていて。

宙はずっと、その親友の喪に服していて。

さらにその人は生前、明日菜の彼氏だった。

じゃあ、宙と明日菜は？　明日菜は宙にとって、親友の彼女？

「人ってさ、簡単に死んじゃうんだよ」

白刃のように危うい言葉だった。遥は。息を呑んだ。

「よくドラマにあるみたいに、ベッドの横で手を握って、最後の瞬間を看取ったり……死に際に遺言を託されたり……。現実にはそういうの、一切ないんだよね。いきなり『車にはねられて亡くなりました』って言われて、お通夜と告別式の日程知らされて。味気ないよね」

味気ない。

人の死を表現するには、簡素すぎる言葉だった。明日菜はどうして、こんなにも平然としているのだろうか。彼氏が死んだのに、どうして冷静でいられるのだろうか。

それとも、もう乗り越えたってこと？

「やんちゃな人だったからさ。よく家を抜け出してほっつき歩いてたの。事故に遭った日も、特に当てもなくブラブラしてたみたい」

「悲しくないの？」

「悲しいよ。体が二つに裂けそうなくらい、悲しい」

そっけない口調のまま、明日菜は言った。視線は、じっと墓石に注がれている。

「ただ、どんな顔をしたらいいか分からないってだけ」

表情は、微笑のまま変化しない。しかし、その裏側にある苦しみが、視覚でも聴覚でもとらえられない情報として、遥の心に直接伝わる。

息が詰まりそうなほど、胸が痛んだ。

「ごめん。あたし、アンタのこと誤解してた」

「別にいいよ。あたしだって、わざと誤解されるように振る舞ってたから」

謝る遥に向かって、明日菜はへらへらと答える。

「それにしても、よく来る気になったね。宙、最近あなたに冷たかったでしょ？」

遥は、否定しなかった。帰国してからの宙は、なんだか明日菜を優先しているようだったから、遥も変な疑いを抱いてしまったのだ。

「あたしが宙に言ったの。隠し事したままで本当にいいの、って。しかも、日本とアメリカの恋愛でしょ？　このままじゃお互い辛いだけじゃないの、って。そうしたら、混乱しちゃったみたいで。よく知らないけど、なんだか嘘も吐いてたっていうし」

「そうだったんだ……」

遥は納得した。たしかに、宙の性格上、そんなことを言われたら悩んでしまうだろう。数学的にベストな答えを探そうと、ゴールのない迷宮に足を踏み入れてしまうだろう。

「宙君らしいというか、なんというか」

「ホントにね。それで、あたしも心配になっちゃってさ。あなたの顔を見に、学校まで行ってみたってわけ」

澄んだ瞳に空を映して、明日菜は語る。

「でも、もう大丈夫みたいだね。さっき訊いてみたら、あなたとちゃんと話したいって。本当は、アメリカに帰る前にもう一度大磯に寄るつもりだったらしいけど、あなたの方が来てくれたから、手間が省けたと思うよ」

「あたしと話を？」

いったい何の話、と尋ねようとしたところで、足音が聞こえたので、遥は黙った。一つの桶を両手で抱え、宙がよたよたとこちらに歩み寄ってくる。

「やあ、お待たせ」

「宙君、大丈夫？」

「う〜ん、どうやら僕の筋力では、これが限界みたいだ」

桶を足元に下ろすと、宙は額を拭いながら息を吐いた。桶には、八分目くらいまで水が入っている。試しに取っ手に手をかけてみると、片手で持ち上げられそうだった。

「え、え〜と……、たしかに重いね」

遥は、口元を無理やり笑みの形にした。体育だってほとんど見学していた宙である。鉛筆より重い物は持てないと言われても信じてしまうだろう。

一方、明日菜は水桶の重さについては特に触れず、持っていた雑巾を水に浸した。宙も、鞄にしまってあったらしい線香の束を取り出す。

三人は手分けして墓石を丁寧に磨いたが、もともと手入れが行き届いているからか、雑巾は大して汚れなかった。続いて宙が線香に火をつけ、墓前に立てる。宙と明日菜が手を合わせたので、遥もそれに倣った。

あたしは、この人に会ったこともない。だけど、宙君の親友なんだから。お墓の前で手を合わせることに、それ以上の理由なんていらない。

遥たちは、そのまま一分ばかり手を合わせ、目をつむっていた。不思議な時間だった。死者に語りかけようとするほどに、周囲の音が遠くなっていき、暑さを感じなくなっていく。目を閉じている間に、お墓の前に穴が空き、死者の世界とつながって、一時的に遥たちの体もあちらへ近付くような。少しだけ、ぞっとするような感覚。

遥がそろそろと目を開けると、そこにあるのはもちろん灰色の墓石だけで、まばゆい陽射しに目が痛くて、蟬たちの合唱もまた一段とうるさくなるのだった。

「……遥さん」

世界の端っこの、一番の底で。立ち尽くす遥に向かって、宙が口を開いた。磨いてもいないのに、自然のままで透き通るような。濁りのない両目がこちらを向いている。

「ちょっと歩こう」

「うん」


「東大磯中への転校が決まったのは、事故から三か月も経たない頃だった。しかも、そのまた二か月後にはアメリカへ引っ越し。明日菜さんには、悪いことをしてしまった」

宙はお墓の間でそっと歩を進める。前後左右の土の下で眠る死者たちを、起こさないようにしているのだろうか。今までで一番、ゆったりとした足取りだった。

気を遣ってくれたのか、明日菜はついてこなかった。二人は大智のお墓のあるお寺を離れ、多磨霊園の石畳を踏みしめる。遥は宙の隣で、歩調を合わせた。

「明日菜さんはああいう人だから、怒ったりはしなかったけど……。置き去りにされたような気分だったと思う。結局、初盆も一周忌も行けなかったわけだから」

木陰に雀がうずくまって、体を冷まし、羽を休めている。枝や葉を透かして降り注ぐ陽が、空気をじりじりと焼いている。

「それで、必ず近いうちにお墓参りに行くって約束したんだ。明日菜さんと一緒にね」

「そっか。今日は、その約束を果たしたんだね」

——悲しいよ。体が二つに裂けそうなくらい、悲しい。

おかしな疑いを持ってしまった自分が、恥ずかしかった。

「大智君と会ったのは、小学三年生のときだったかな。クラス替えの後、席がたまたま近くてね。ほら、出席番号順に並ぶと、『白石』の次が『神之内』だったんだよ」

宙は、眼鏡の奥の目を細めた。彼の紡ぐ言葉は、四方から集まる蟬の声の上を、滑り渡っていく。

「本が好きな人だった。特に児童文学。中学生になった後もまだ読んでいたよ」

「児童文学……」

「そうそう。そのせいかな。数学頭の僕は、文学頭の大智君とは意見が合わなかった。僕らはいつも、喧嘩ばかりしていたよ。図書館のラウンジで、顔を合わせるたびにね」

「でも、親友だったんでしょ?」

「うん」

即答してから、宙は苦笑いした。

「大智君は、児童文学は子どもたちに夢を与えると言った。でも僕は、そんなことに根拠はないと言った。『夢』っていうのは、あやふやな表現だ。児童文学から誰もが夢を受け取るなんていうのは、とても疑わしいと思った」

「へぇ。ちょっと意外。宙君でもそんなふうに思うんだ。夢とか、けっこう大事にしてそうなのに」

「もちろん、彼の言うことも理解していたよ」

宙の足音と、遥の足音が重なり、空気に溶ける。陽射しを反射させ、眼鏡が光った。

「実際、彼の言葉には人の心に響くものがあった。小学生のときには学級委員長をしていたよ。僕がやれって言われたって、無理だったろうね。多分、みんなが耳を貸すのは、僕のような人物の理屈じゃなくて、彼が口にするような熱い言葉なんだから」

「そういうものかな」

「うん。僕は大智君が羨ましかった。だから、意地を張ってたんだろうね。数学の正しさを、信じたかった」

数学の正しさ。

その言葉に込められた、宙の想い。きっと遥では抱えきれないほどの大きな意味が、そこにはあったのだろう。

それこそが宙のこだわり。遥がわざわざ、ここへ足を運んだ意味。

遥は、胸の前でバッグをギュッと抱いた。

「ゲーデルの不完全性定理」

その名は清流のようにスラスラと、遥の口から出てきた。宙が、真夏に雪でも見たような顔をこちらに向ける。遥はあくまでも、冷静を装った。

「宙君の嘘って、その定理のことでしょ？」

「……うん」

一拍置いてから、宙は認めた。ちょうど、歩く先に二人掛けのベンチがいくつか見えてくる。宙はそのうちの一つを指差した。

「座ろうか」

二人は、うまい具合に木の陰になっているベンチを選んで、並んで腰を下ろした。自然と、二人の間にわずかな隙間が空く。

遥はバッグの中に手を突っ込み、大磯の図書館から遠路はるばる運んできた本を取り出した。『不完全な数学』。一つだけ、ピンク色の付箋《ふせん》が飛び出している。

「見つけたんだね」

「うん、見つけた」

遥は、本をパラパラとめくった。付箋を貼った箇所に行き着くと、宙にも見えるようにページを開く。宙は眼鏡のズレを直してから、遥の手元を覗き込む。

この命題は証明できない

この本のほとんどのページは、遥にとってチンプンカンプンだった。けれどたった一か所、間違いなく理解できる場所があった。

簡素な一文が、夜空に輝く月のように自らの存在を主張していた。

それが、「この命題は証明できない」。

「この命題」が「証明できる」と仮定すると、この文そのものと明らかに矛盾する。だから、「この命題」は、どうやっても証明できない命題ということになる。

また、別のアプローチも併せて掲載されていた。「この命題」というのは、正確に言うと「この命題は証明できない」に他ならないから、「「この命題は証明できない」は証明できない」と言い換えることができる。さらに、二つのカッコの中にある「この命題」も、「この命題は証明できない」と同じ。つまり、「「この命題は証明できない」は証明できない」は証明できない」。この手順は、何度やっても終わらない。永遠に、問題の本質にたどり着くことができないのだ。

ごく当たり前。いちいち説明されなくても分かるって、笑われるかもしれない。しかし、これは恐ろしい事実だった。

数学に、証明できないことがある。つまり、数学には決して解けない問題がある。大雑把にいうと、それが「ゲーデルの不完全性定理」の内容だった。しかもこの『不完全な数学』という本には、このような「決して証明できない命題」は、無限に作ることができると記されていたのだ。

——さあ、なんでも相談してよ。数学の力で、必ず解決してあげるから。

もう一年以上前。初めて言葉を交わした日、宙は胸を張ってそう言った。

——どんな問題だって解くことができる。

数学について、宙は確かにそう語っていた。

でも、それは嘘だった。数学は完全ではなかった。不完全だった。

もちろん遥だって、宙の揚げ足を取るつもりはない。小学生じゃないんだから、「数学はなんでも解決できるって言ってたのに、間違ってやんの。やーいやーい」なんて言って喜ぶほどバカではない。

これを「嘘」と表現したのは、宙自身だ。

——僕は遥さんに、一つ嘘を吐いている。

陽の照りつけるトウモロコシ畑で、宙は真剣な目をして言った。別に、「数学に解けない問題だって、実はあるんだけどね」と言ってくれれば済んだのに。

宙はそうしなかった。遥に、あえて嘘を吐いていた。

知るべきだったのか。それとも、知らないままでいるべきだったのか。遥はそれを、確かめに来た。

「どうして、こんな嘘を吐いたの？」

遥は、『不完全な数学』をパタンと閉じた。怒りや悲しみはない。単純な疑問だった。

だって、宙が理由もなく嘘を吐くはずがないって、分かってるから。

「……負けたくなかった。ただそれだけなんだ」

手のひらに、そっと声を乗せるような調子で。宙は答えた。

「僕はこの現実に負けたくなかった。数学が不完全だって、認めたくなかったんだ」

二人の視線が、正面から合わさる。

「大智君が死んだ日、僕は考えたんだ。聞いてくれるかい？」

「もちろん」

遥が迷わず頷くと、宙は鞄の中からノートを取り出し、胸ポケットから鉛筆を引き抜いた。何度も何度も、こうして数学を教えてくれた。これが最後かもしれない、という思いで、遥は目と耳に神経を集中する。

「遥さんは、命の価値ってどのくらいだと思う？」

遥は多少、面食らった。が、宙の話の唐突展開には、この一年で何度も付き合ってきた。必ず、最後には一つの到達点へとまとまっていくのだから、恐れることはない。宙の話し方は、証明問題の答案そのものなのだ。

「命の価値……考えたこともなかったけど、そんなの測りようがないんじゃない？」

「そうかもしれない」

曖昧な答えが返ってきた。間違いを口に出さないようにしているのか、ずいぶんと慎重な物言いだった。

「じゃあ試しに、命には無限の価値がある、と仮定しようか」

鉛筆で眼鏡のズレを直して、宙は言った。「仮定」という言葉を聞いたとたん、遥の脳に電流が走る。

背理法《はいりほう》だ。

頭の中で、一年以上前の記憶がむくりと体を起こす。宙が初めて教えてくれた数学は「素数」だった。そして、「素数が無限にあること」を証明するために、宙は「素数は有限である」と仮定して、そこから矛盾を導いた。

それが背理法。忘れようにも忘れられない、遥にとって初めての「生きた数学」。

「さて、この仮定が正しいかどうか調べるために、こういう例を考えよう」

宙は、証明の第一歩をゆっくりと踏み出す。

「ある人が、車で仕事に出かけようとしているとする。でも、その日はあいにくの雨。なんだか気が滅入って、サボってしまいたくなる」

「サボっちゃダメでしょ」

「もちろん。常識的に考えたら、仕事に行くべきだよね。だけど、彼は頭の中でこう考える。『こんな雨の中を運転したら、ほんのわずかにせよ、事故で死ぬ可能性がある』」

事故で死ぬ、という言葉の端が、ほんの少し震えていた。遥は、ゴクリと唾を飲み込む。それがただの「可能性」ではなく現実の話だと、宙は確かに知っている。

それでも宙は、平気な顔を装っている。だから、遥も口を挟まない。

「仕事に行かない場合、会社からの信用を失うよね。それに対して仕事に行く場合、失うかもしれないものは命。それぞれの数値を、こう置いてみよう」

宙は、膝の上に置いたノートに、鉛筆を素早く走らせた。どこに書いても筆跡の変わらない、宙の文字。活字みたいにきれいな数字とアルファベットと記号、そして丸い漢字とひらがな。

出かけない……１００％の確率で信用を失う
出かける……０・０００１％の確率で命を失う
信用の価値＝x（有限）
命の価値＝∞

「無限を扱うときは、本当は特別な記号を使うんだけど……今は話がややこしくなるだけだから、省略するね」

宙はページの端に『$\lim_{n\to\infty} n$』という記号を書き足した。「ややこしい」どころの話ではなくて、まるで知らない言語だった。省いてくれて、本当に助かる。

「あっ、〇・〇〇〇一パーセントというのは、仮に置いただけだから。実際はもう少し大きいかもしれないし、小さいかもしれない」鉛筆で数値を指しながら、宙は補足する。

「さあ、この数値をもとにして、失う価値の期待値を考えてみよう」

期待値。これも一年前に初めて聞いた言葉だけど、その後に読んだ本にも何度か出てきたから、遥は覚えている。

期待値というのは、「得られる値の平均値」。例えば、二分の一の確率で五〇〇円もらえるクジがあったら、期待値は「$500\times\frac{1}{2}=250$」で二五〇円。もしもそのクジを一回引くのに三〇〇円かかるなら、そのクジ引きには手を出さない方がいいだろう。三〇〇円かけて一回引くと、平均二五〇円もらえるクジなんて、やればやるほど損をするだけだから。

期待値は、不確かな未来を知るための道しるべ。一年前は、「恋愛不等式」を作り上げるための鍵となってくれた。一種の懐かしさが、胸にこみ上げてくる。

「一〇〇パーセントというのは『$\frac{100}{100}=1$』だから、出かけない場合の期待値は、こう」

$$x\times1=x$$

信用xと、確率一をかけ合わせた期待値だ。つまりこの人は、出かけないで仕事をサボると「x」分の価値を失う。このくらいは、今の遥には分かる。

遥が特に疑問を抱いていないのを察したのか、宙はすぐにまた手を動かす。木陰とはいえ、長袖は辛いのだろう。左手で、額の汗を何度も拭っている。

「次に、〇・〇〇〇一パーセントは『$\frac{1}{1000000}$』だから、出かける場合の期待値は……」

$$\infty \times \frac{1}{1000000} = \infty$$

ノートに新たに出現した、短く、かつ不気味な数式。

「一〇〇万分の一したのに、無限は同じ無限のままなの？」

「さすが。いい質問だ」

宙は頬をほころばせた。どこら辺が「いい質問」なのか、もちろん遥には分からない。分からないけど、宙の数学の話を一年以上も聴き続けているのだから、質問が自然とうまくなっていてもおかしくないと、勝手に納得しておくことにする。

しかし、せっかく納得しかけた遥に向かって、宙は、質問とまるで関係なさそうなことを言い出した。

「じゃあ、無限個の部屋があるホテルを想像してみて」

「は？　ホテル？」

「うん。旅館でもいいよ」

いきなり宇宙の真ん中にでも放り出された気分だった。

ホテルか旅館かなんて、この際どうでもいい。無限個の部屋とは、なんだろう？

「ねぇ、無限個の部屋なんて、作れっこないでしょ？」

「たしかにね。だけど、どうにか作れたことにして考えるんだ」

平気な顔をして、無茶苦茶な注文をしてくる。これまでも、「地球より長いロープを想像して」とか、そういう壮大な無茶振りをしてきたこともあったけど、今回のは段違いだ。無限個の部屋のあるホテルなんて、現実にはどうやったって作れない。

それでも、宙に「想像してみて」と言われたなら、想像しないわけにはいかない。宙の話すことで、無駄な話なんて一つもないんだから。

遥は、頭の中を一度空っぽにして、まっさらな敷地に巨大なホテルを建ててみた。東京ドームよりも大きいホテル。たしかに部屋はたくさんあるが、これではまだ足りない。次に、神奈川県の土地をすべて買収して、その土地をすべて使ったホテルを建てる。神奈川の人口は約九〇〇万人。部屋の数も、九〇〇万くらいは確保できそうだ。もちろん、これだけではまだ足りない。

脳内でスーツをまとい、ホテル経営者になってみた。このまま大きくしていくと、いつかは国境をまたいで、国際問題になってしまう。仮に交渉がうまくいって、世界中の土地をすべて買収できたとしても、無限個の部屋を作るにはまだ足りない。

ならば、どうするか。遥社長は一つの決断をした。

建設場所を、宇宙にする。

宇宙がどれくらい広いのか、遥には分からない。以前、宙は「ポアンカレ予想」の話をしてくれたことがあるが、あれは「宇宙の形を調べる方法」についてだった。実際にロケットを飛ばして宇宙の果てまで行けた人は、まだいない。

だから、遥は頭の中で、宇宙には果てがないことにする。

そして、どうにかこうにか、無限個の部屋を持つホテルが建てられたことにする。

「うまいこと、想像できたみたいだね」

「うまいかどうかは、自信ないよ」

遥は苦笑した。実際、無限の大きさを持つホテルが宇宙に浮かんだことにしたけれど、それで想像したことになるのかどうか、けっこう怪しい。

「じゃあ、そのホテルの部屋が満室になったとしよう」

「えっ⁉　部屋は無限にあるのに⁉」

「うん。お客さんも無限に来たわけだよ」

遥は、ひどい頭痛に襲われた。ジェットコースターで、椅子に座らず最後尾にしがみついている気分である。気を抜いたら、すぐに振り落とされる。数学屋の店長代理になってから、けっこう勉強してきたはずなのに……。まだまだ、数学は奥が深いようだ。

「分かった、想像してみる。それで、その満室のホテルで何をすればいいの？」

「その状態でさらに一人、新しいお客さんが来る。君ならどうする？」

「そんなの、本日は満室です、って言って、帰ってもらうしかないでしょ」

「そうでもない。無限ホテルのすごいところは、満室の状態でも新しいお客さんを入れられるところなんだ」

満室でも、お客さんを入れられる？

なんだか『一休さん』みたいな話だった。もちろん、宙がとんち話なんかするはずがないのは分かっているが……。高度な数学は、とんちと見分けがつきにくいらしい。

「どういうこと？　もう人が入れないから『満室』っていうんじゃないの？」

「ところが、全部の宿泊客にこう言えば、問題はたちまち解決する。『自分の部屋番号に一を足した部屋に移動してください』ってね」

「え〜と……？」

「一号室に泊まっていた人は二号室に。二号室に泊まっていた人は三号室に。n号室に泊まっていた人はn＋1号室に、ってことさ」

「ああ、一つ分ずれてもらうってことね」

ようやく理解して、遥はさっそく、脳内宇宙に建設した無限ホテルでマイクを握った。館内放送で、部屋を一つずれるようお願いする。宿泊客たちは、ブツブツと文句を言いながら、隣の部屋へとのろのろ移動する。

すると……。

「あっ、ホントだ。一号室が空いた」

驚いた。満室だったのに、一部屋分の空きができたのだ。じゃあ、一番端の部屋にいた人はどうしたのだろうか、と一瞬だけ疑問に思ったが、そもそも、無限ホテルに端の部屋はないんだった。無限ホテルの廊下は、無限の長さでどこまでも延びている。

頭がこんがらがる寸前だったが、どうにかここまで理解できた。

「つまり、無限に一を足しても、同じ無限ってことなんだ」

遥が、無限ホテルから霊園のベンチに戻ってくると、宙はノートに短い式を追加する。

$\infty + 1 = \infty$

無限のお客さんがいるところに、もう一人お客さんが加わっても、やっぱり無限。当たり前のようで、どこか奇妙でもある理屈だった。

何度目になるか、また眼鏡のズレを直すと、宙は言った。すっかり忘れていたが、

「同じように、今度は一〇〇万分の一してみよう」

「$8\times\frac{1}{1000000}=8$」の説明の途中だったのだ。ようやく本題というわけである。

「今度は、どうするの？」

「また、ホテルが満室の状態を考えよう。そしてある日、この無限のお客さんは、『一〇〇万の倍数』の部屋番号の人を残して、すべてチェックアウトしてしまったとする」

「一〇〇万の倍数？　二〇〇万とか、三〇〇万とかってこと？」

「うん。その人たち以外は、みんな自宅へ帰ってしまうんだ。当然、ホテルはスカスカだね。そして今度は、残ったお客さんに『部屋番号を一〇〇万分の一して、新しくその部屋に移ってください』と告げる」

沸騰しそうな頭を、遥は無理やり回転させる。暑さのせいでもあり、脳がオーバーヒートしているせいでもあった。

「え〜と……、一〇〇万号室の人は一号室に移る、ってこと？」

「その通り。同じように、二号室には二〇〇万号室からお客さんが移り、三号室には三

〇〇万号室からお客さんが移る。これを繰り返していくと、すべての『n』号室に、『n×100万』号室からお客さんが移ってくることになる」

遥は脳内の無限ホテルで、またアナウンスをかけた。部屋番号を一〇〇万分の一するとなると、隣の部屋へ移動するのとは訳が違う。恐ろしく長い廊下を、お客さんたちは荷物を持って歩き続ける。ホテル内で自動車でも走らせた方が良さそうだ。

そうして、長い時間を費やして、お客さんの移動はどうにか完了した。遥の意識も、宇宙から地球に戻ってくる。

「ね？　元の通り、無限個ある部屋はすべて埋まってしまったでしょう？」

$$\infty \times \frac{1}{1000000} = \infty$$

その通りだ。無限ホテルは、大量のお客さんがチェックアウトしたにもかかわらず、また満室になってしまった。無限を一〇〇万分の一しても、やっぱり無限。

ベンチに座りながら、ずいぶん長い旅をしたような気がして、遥はフーッと息を吐く。ようやく、この数式にも納得できた。無限というのは、一を足したり、一〇〇万分の一したりしたくらいでは揺るがないということか。

「さて、いよいよすべてのお膳立てが整った」

宙は目をキラリと光らせると、これまでの記述を一行一行、鉛筆で指し示した。

出かけない……100%の確率で信用を失う
出かける……0・0001%の確率で命を失う
信用の価値＝x（有限）
命の価値＝∞

$$x \times 1 = x$$

$$\infty \times \frac{1}{1000000} = \infty$$

$$x < \infty$$

最後の行に追加された「$x<\infty$」。結論を示す数式だった。

「この最後の不等式は、二つの期待値を比べてるってこと？」

「そうさ。xは有限だから、大きさは常に『$x<\infty$』になる。つまり、出かけない場合に失うxより、出かける場合に失う∞の方が大きいということ。数学的には、人は出かけるべきではないんだ」

宙は、きっぱりと言い切った。何気ないけど、けっこう恐ろしい話だ。なんだか、人類はみんなひきこもるべき、みたいな言い草……。

「でも、大人はだいたい、平日は外に出て働いてるよ？」

「そうだね。多くの場合、人は出かけることを選ぶ。だから、人の命の価値は有限じゃないと、理屈に合わなくなってしまうんだよ」

あっさりと、宙は主張を翻してしまった。数秒遅れて、遥は気付く。

そうか。だから背理法だったんだ。

宙は、「命には無限の価値がある」と仮定すると、どうしても矛盾が出てしまうことを示したわけだ。命の価値が無限だと、つじつまが合わない。だったら当然、命の価値は有限ということになる。

だけど、遥の心にはモヤモヤしたものが残った。

数学的には、証明は完成したはずなのに。食事をしたのに、お腹が満たされない。水を飲んだのに、渇きが収まらない。勉強したのに、達成感がない。

遥がそんな違和感に襲われていると、宙が、不意に声を低くした。

「命の価値が有限ってことは、大智君の命も数値で表せるってことだよね？」

体の一部でも失ったかのような、寂しげな声だった。遥はしばし、呼吸を忘れる。

「もしも……もしも僕の命の価値を一〇〇とするなら、大智君の失った命の価値はいくつだったんだろう。一三年しか生きられなかったから、価値は僕より少なくて、八〇とか九〇とかだったんだろうか」

ノートを持つ宙の手に、ギュッと力がこもり、ページにしわができた。苦しい息遣いが、遥の耳にも届く。

「そんなふうに考えると、すごく苦しくてさ。大智君の人生が……存在が……軽んじられていいはずないから」

何か言葉をかけなくては、と思った。でも、他人からの上辺だけの同情なんて、何の意味も持たない。遥は何も言えず、ただ、ベンチの上で石のように体を固くしている。

空気が、重苦しかった。地面から湧き上がる熱によって、息が吸いにくい。熱が重さを持って、背にのしかかっていた。終わりの見えない沈黙が、ひたすらに続いていく。

そして。何滴もの汗が地面に落ち、すべて乾いてしまった後。苦しげな笑みを作って、宙は口を開いた。

「でも、僕は気付いたんだ。有限なのは、自分にとっての価値に過ぎないってこと」

「えっ……、どういうこと？」

「大智君の命は、大智君自身にとっては、限りあるものだったかもしれない。だとしても、大智君の想いは、意志は……僕や明日菜さんの心に遺されている。そして、いつの日か僕や明日菜さんが死ぬときには、また別の誰かにその意志が遺される」

宙は天を仰いだ。青空の向こうに広がる何かを見透かそうとしているような、真剣な眼差しだった。

「人類が滅んだって、残った生物たちに、何らかの影響を与える。地球が滅んだって、その痕跡は宇宙に遺される。宇宙全体から見たらほんの少しかもしれないけれど」

宙は右手を青空に向かって伸ばした。ゆっくりと、拳を握る。宙にしか見えない何かを、摑みとる。

「大智君の遺した爪痕は、そうやって永遠に続いていく。この世界、この宇宙にとって、大智君の価値は無限だった。死んだ今でも、彼には無限の価値があるんだよ。もちろん、僕にも、君にも。誰にだって、無限の価値がある」

遥は、一切の言葉を差し挟まず、宙の言葉に聴き入った。

それはもはや、数学ではなかった。宙の心が欲した、切実な願いだった。

宙はまた、膝の上のノートに向き合った。鉛筆が躍り、宙の想いがすべて込められた数式が紡がれていく。

自分にとっての命の価値＝有限
宇宙にとっての命の価値＝無限

「『命の定理』って、僕は名付けた。大智君の命の価値は、この世界に受け継がれてる」

「命の、定理……」

「うん。この定理があるから、僕が大智君より何年長く生きようと、命の価値は同じなんだ。無限に一を足しても、無限は無限。無限を二倍しても、やっぱり無限」

珍しく、少し興奮しているようだった。いつもよりも語気が強い。それだけで、この二行の数式――定理と呼べるのかどうか、遥には分からない――に込められた気持ちを推し量ることができる。

宙にとっては、この定理が支えだった。一年半の間、自らを突き動かす原動力だった。大智の生が無駄ではなかったと、自分に言い聞かせるための根拠だったのだ。

「……だけどね」

秘めていた想いをひと通り吐き出し終えると、宙は再び声を落とした。

「こんな数式を書いたところで、彼は戻って来ない」

胸を締め付けられる。悲痛な言葉だった。

「僕は以前、数学の力を使って自殺を止めたことだってあるんだ。人の命を守れるだけの力は、この手にある。だけど人の命は、失われる前にしか守れない。失われてしまったら、二度と取り返せない」

ノートに置いた宙の手に力が込められ、ページがクシャリと音を立てる。頬を通った汗がアゴの先から落下し、紙の上に染みを作る。宙は、言葉を止めない。

「こんな悲しいことを、二度と起こすわけにはいかないから。僕は世界を変えなきゃいけなかった。救わなきゃいけなかった」

ビリッ、という音がして、ついにノートが破れた。せっかく書いた期待値の計算も、「命の定理」も、しわが寄り、汗で濡れ、読めなくなっていく。

「でも、数学は不完全だ。数学者たちの努力も……リーマン予想への挑戦も……全部、意味あることなのかどうか分からないんだ」

血を吐くように、宙は言った。

「数学は、世界を救えないかもしれない」

ああ、そっか。

遥はようやく、本当の意味で理解できた。

だから、宙は嘘を吐いた。遥と、自分をだました。

数学が世界を救えないかもしれない。その可能性を、頭の外へ放り出したくて。

この人は……。誰よりも論理的な思考回路を持っていると思ったけど、実はそうじゃなかった。根拠のないことも言うし、非科学的なことも願う。

この人は、誰よりも人間らしかった。

「……でも、宙君は数学屋を開くことを選んだ。そうでしょ？」

気付くと、遥は口を開いていた。宙が、驚いたように顔を上げる。破れたページが、地面にヒラヒラと舞い落ちる。

「救えないかもしれない。救えるかもしれない。宙君にはそれが分かってたから、居ても立ってもいられなかったんでしょ？」

去年の五月……宙と初めて出会った日のことが、まるでつい昨日のことのように脳内を駆け巡る。

——将来の夢は、数学で世界を救うことです。

クラスでの自己紹介で、宙はたしかにそう言った。児童文学から受け取ったものかどうかは分からないけど。それは間違いなく、宙の魂の声だった。

「僕には、世界を救う自信なんてなかった」

かすれた声で、宙は語る。額に、苦しげなしわが寄っていた。

「だけどせめて、この手の届く人たちだけは救いたかった」

「それが、数学屋だったんだね……」

宙が抱いてきた想いが、胸を打つ。あの自己紹介も。机の横に立てた幟も。自信に満ち溢れているように見えた言動も。すべては、宙の苦しみを覆い隠す幕だった。

宙は、不安と絶望の一歩手前のような状況で、たった一人で歩いていたのだ。

それなのに……。あの自己紹介を聞いて、クラスのみんなは笑い転げた。無理だって、できないって決めつけた。誰一人、未来を証明できないくせに。人の夢を笑う権利なんて、誰も持っていないくせに。

遥は心の中で、去年の愚かな自分に平手打ちを食らわす。そして、きっぱりと言った。

「救えるよ」

もう、あの頃の天野遥ではないのだから。ためらいなんて、かけらもなかった。

「宙君なら、きっと世界を救える。リーマン予想も解ける」

「そんなことは……」

「救えるよ」

宙の言葉に重ねるように、遥は言う。根拠も、論理もない。宙の夢を笑った連中と、結局は同じ次元なのかもしれない。それでも構わない。感じたままを、浮かんだ言葉を、そのまま声に乗せていく。

　不安も、絶望も。ともに背負うと決めたのだから。

「あたしには分かる。少なくとも、あたしは救われたから。きっと世界だって救えるよ」

「まったく数学的じゃない言い方だね」

　苦笑いを浮かべて、宙は言った。どこからか飛んできたトンボが、二人の頭上を音もなく通過する。宙の両目が、濡れた小石のような素朴な美しさを取り戻した。

「けど、君には分かる」

「うん、分かる。っていうか、信じてる」

「ふむ」

　宙は、アゴに手をやった。強い風が吹いて、足元に落ちたノートの切れ端が、ガサガサと音を立てる。

「それなら、僕も信じないわけにはいかない」

　ノートの切れ端は空に舞った。木の葉を巻き込んだ風に乗り、高く、高く飛んでいく。宙は、その行方を視線で追うことはなかった。その目は、真っ直ぐに遥に注がれていた。

「僕はこれからも、君と歩いていきたい」

その瞬間。

二人の周りから、すべての音が消え去った。いや、音だけではない。風も、景色も、すべてが実体をなくした。ただ二人だけが、過去と未来からも切り離された現在において、向かい合っていた。

「あたしも、同じこと思ってた」

「いいのかい？　僕はまたアメリカに行かないといけない」

「分かってる」

二人っきりの世界の真ん中で、遥は言った。

「でも、今はそんな理屈どうだっていい」

確率も。

期待値も。

恋愛不等式さえも。

このときの二人にとっては、何の意味も持たなかった。

手と手が触れ合うところにいた。それがいつしか、肩が触れ合っていた。弱々しく、けれど確かな力が二人の間に働いて、無限に感じたこともあった距離が急速に、なおかつ、もどかしいほどゆっくりと縮まる。

何も言わずに、まぶたを閉じた。
心臓の鼓動が、一つになって聞こえた。

意識しないようにすればするほど、何が自然なんだか分からなくなる。仕方がないので開き直り、遥は早足で宙の前を歩いた。正面から吹く風で、火照った頬を冷やそうとしても、熱気をはらんだ風ではそれもかなわない。

宙が今どんな顔をしているのか、振り返ってみたい気もするし、絶対に振り返りたくない気もする。そもそも、自分がおかしな表情をしていないか、はなはだ疑問だった。右手と右足が何度も一緒に出そうになる。

結局、心臓の拍動が元に戻らないまま、大智の墓前に戻って来てしまった。木陰に座っていた明日菜が、二人に気付いて立ち上がる。

「もういいの？」
「うん。待たせて申し訳ない」

宙は何事もなかったように振る舞っている。おそるおそる顔を見ても、やっぱりいつもの無表情。こっちは今にも顔が燃えてしまいそうだっていうのに、なんたるポーカーフェイス……。

へらへら笑う明日菜から、遥は何気なく視線を逸らした。いや、「何気なく」なんて嘘だ。きっと、非常にわざとらしかったことだろう。横目でうかがっても、明日菜の表情も変化がないから、気付かれたかどうか分からない。

遥がようやくいつもの調子を取り戻せたのは、宙が再び、大智の墓前に立ったときだった。その後ろ姿を見て、遥は束の間、先ほど何があったのかなんて忘れてしまった。

「また来るよ、大智君」すぐそこにいる親友に、宙は語りかける。「だけど、いつまでも喪に服しているわけにもいかない」

宙は、自分の胸元に手をかけた。後ろにいた遥には、何をしているのか分からなかったが……。答えは、数秒後に出た。

宙が、着ていた真っ黒なボタンダウンを勢いよく脱ぎ去った。ドキリとしたけど、心配はいらなかった。下から白地にモノクロ写真がプリントされたシャツが姿を現す。ごく普通のTシャツ。黒以外の服を着ている宙を、遥は初めて見た。

長い長い服喪は、ようやく終わった。

「僕は前に進むよ。そして必ず、この世界を救ってみせる。こんな悲しいことが起こらない世界を実現してみせる。だから、見ていてほしい」

その決意を、遥と明日菜は黙って聴いていた。

大智君もちゃんと聴いているのかな。どうなんだろう。こんなことを言ったら、宙君はあきれるかな。いや、多分あきれないだろうな。

前に、宙は言っていた。たしか教室で、占いについて訊かれたとき。

――いくら非科学的に見えようと、証明されない限り、間違っているとは言い切れないよ。

だったら、きっと今も同じだ。

幽霊が絶対に存在しないと証明できた人はいない。この場に大智が絶対にいないと、証明できる人はいないのだ。

だったら、期待してみたっていい。

数学者は、みんなロマンチストなのだから。

「あっ、そうだ」

宙が、お寺の門の方へ足を踏み出しかけたとき。不意に思い出し、遥は小さく叫んだ。

「用事が終わったら、翔に連絡するように言われてたんだ」

「翔君が？」足を止めて振り返り、宙が首を傾げる。「どうしたんだろう？」

「分かんない。アイツ、自分の言いたいことしか言わないから」

遥は口をとがらせて、スマホを取り出した。ＬＩＮＥで短く、メッセージを送る。明日菜は、「翔」というのが誰のことなのか分かっていないようで、ただただ黙って、成り行きを見守っていた。

翔からの着信があるまでに、一分もいらなかった。挨拶もなく、ぶっきらぼうな言葉が電波に乗って飛んでくる。

「もう用は済んだのか」

「え？　うん。これから帰るとこだけど」

「まだ帰るな」

「は？」

「湯島《ゆしま》に行くぞ。真希と葵も入れて、五人でだ」

「え？　どういうこと？」

「どうもこうもねぇよ。宙も一緒なんだろ？　いいから来い」

「今から？」

「ああ、そうだ。とにかく、湯島の駅を出たところで待ち合わせだ」

そこで通話は切れた。遥は啞然《あぜん》として、通話終了を告げる画面を眺めている。通りすがりの人から、いきなり顔面に卵をぶつけられ、反撃する間もなく取り残された気分である。

翔は、やっぱり翔だ。いいよ。そっちがその気なら、あたしだって気を遣ってあげないんだから。

「なんか、湯島に来いってさ」

「翔君?」

「うん。真希と葵もいるって」

片頬を膨らませ、遥はスマホをしまった。あの三人は、今から都内に出てくるつもりなのだろうか。二時間近くかかると思うけど。

「じゃあ、あたしはお邪魔だね。先に帰るよ」

明日菜は、シャツの首元にかけていたサングラスを外して、指にひっかけてクルクル回した。「一緒に来ればいいのに」と言いかけて、やっぱりやめておいた。空気を読んでくれているのだから、今は、その厚意に甘えよう。

どういう風の吹き回しかは分からないけど、翔が来る。それも、真希と葵と一緒に。

それならば、この五人だけで会うのが一番だ。

何と言っても。数学屋が五人揃うのは、およそ一年振りなのだから。

「明日は空港まで見送りに行くから」

そう言い残すと、明日菜は途中の駅で降りていった。都心の方へと向かう車内に残される、遥と宙。遥は何気ないふうを装って、背後へと置き去りにされていく景色に視線を投げる。気まずい空気が再び舞い降りていた。なんだか目を合わせるのも恥ずかしい。

夏の暑さのせいだ、と自分に言い聞かせ、遥はハンカチを取り出す。しかしながら、車内の冷房ですっかり冷えてしまった体には、拭うほどの汗が残っていない。ハンカチをじっと見つめて、またしまう。

「東京都の電車は地獄絵図」という話を聞いたことがあったが、午後の中途半端な時間だからか、京王線の車内は空席もチラホラあるほどだった。ほどよい空調でかなり快適になっている電車内で、遥と宙の間にだけ、妙な緊張の糸が張り巡らされている。いや、もしかしたら、そう思っているのは遥だけなのかもしれない。

多磨霊園から湯島まで、乗り換え時間なども入れておよそ一時間。

その間、遥は宙に「じゃあ、次は地下鉄ね」とか、そういう事務的な用件でしか話しかけなかった。さっきみたいに、顔に火がついてロウソクみたいに体が溶けそうになる、とまではいかないけれど……。地面に足がついているかどうか、不安になる。

そうして、四時近くになって、遥たちはようやく湯島に着いた。地下鉄の駅から階段で地上に上ると、待ち構えていた高熱が遥たちを迎える。東京の暑さというのは、夕方が近付いてきても衰えることを知らないらしい。遥は、地下鉄の中に住みたくなった。

階段の出口に立っていた翔は、腕を組み、ベイスターズの野球帽の下で不機嫌そうな顔をしている。

「おせぇよ」

「仕方ないでしょ。遠いんだから。これでも真っ直ぐ来たんだよ」

遥は文句を言って、周囲を見回した。コンクリートのビルがいくつも建ち並び、すぐ近くを車が無数に行き交う。その一つひとつが高熱の原因になっていると思うと、うんざりした。

すると、向こうからコンビニの袋を提げたショートカットとポニーテールが、トコトコとこちらに歩み寄ってくるのが見えた。真希は半袖のスエットパーカーにハーフパンツ、葵は膝丈のフレアワンピース。二人とも、私服が可愛い。「やっほー、遥、宙君」と手を振る真希。その横で、葵が袋からペットボトルを取り出す。

「お茶買ったよ。飲む?」

「あ、サンキュ。もう喉カラカラで」

遥は、葵に差し出されたお茶を二本受け取り、一本を宙に手渡した。冷え切った手触りが心地よくて、思わず頬に当てる。宙も、ペットボトルを両手で抱えて、しばらく冷たさを満喫しているようだった。

「で、これはどういう集まりなの?」

お茶を胃に落として体を冷やしてから、遥は尋ねた。真希が、目を丸くする。

「どうって……翔、遥に言ってないの?」

「ああ、説明するのが面倒だったからな」

開き直った口調。真希は一瞬、とびきり苦い薬でも飲んだような表情をしてから、申し訳なさそうな顔になった。

「ごめんね、びっくりしたでしょ」

「たしかにびっくりしたけど……。真希が謝ることじゃないよ。それで、結局どうして湯島に?」

「ええと……、湯島天神《てんじん》って知ってる?」

遥は首をタテに振りかけて、やっぱり横に振った。聞いたことがある気もするし、ない気もする。

「菅原道真《すがわらのみちざね》を祀《まつ》った神社、だったかな」

代わりに宙が答えてくれて、遥はビクッと肩を震わせた。しばらく黙っていたと思ったら、今度は急に口を開くんだから。心臓に悪い。

真希は笑って頷いた。

「うん、正解。それで、あたしも詳しくは知らないんだけど、菅原道真って学問の神様なんだってさ。で、うちらは受験生だし、それに宙君も戻ってきてることだし、数学屋みんなで行こう、って盛り上がって」

「そうそう。遥と宙君の用事が終わるのを、東京観光しながら待ってたの」

付け加えるように、葵が言う。遥は「なるほど」とつぶやいてから、翔をジロリと睨んだ。なぜ、そういう大事なことを言わないのか。

翔はまったく悪びれる様子がない。睨まれていることなどそよ風ほども気にしていないらしい。この前の教室でのやり取りは、遥だけが見た夢だったのだろうか。勘弁してほしい。

「ああ、さっきそこでタイヤキ買ったんだ。食うか?」

翔は、手にしていた紙袋をガサガサと開いた。中には、こんがりと黄金色に焼けたタイヤキが二匹、行儀よく収まっている。遥は、ゴクンと唾を飲み込んだ。そう言えば朝食以来、何も食べていないのだ。

大して欲しくもなさそうな顔を意識して、遥は手を伸ばす。

「あ〜、せっかくだし、もらおうかな。宙君も食べたそうにしてるし」

「え?」

　宙が、飲んでいたお茶から口を離した。彼の意向は一切聞かず、タイヤキの片方を押し付け、自分はさっそく、残った一つにかぶりつく。空っぽのお腹に、あんこが沁みた。

　宙は骨董品でも鑑定するように、タイヤキをいろいろな角度から観察している。その仕草がなんだかおかしくて、他の四人は一斉に笑った。

　急に空腹を意識したせいだろうか。先ほど、あれだけ感じていた気まずさは、今度こそ完全にどこかに消えていた。


　湯島駅前に並ぶビルを眺めていると、こんなところに神社があるのか疑わしかった。が、数分歩くと、そんな疑念もすっかり晴れる。都会の真ん中で、木々に囲まれた神社は唐突に姿を現した。五人でぞろぞろと鳥居をくぐると、この暑さにもかかわらず、境内はかなり混み合っていた。牛の像と狛犬《こまいぬ》が、五人を出迎えるように鎮座している。鳩や雀が、しきりに地面をつついていた。

　楠《くすのき》の向こうに、大きな賽銭箱《さいせんばこ》を備え、金色で派手に装飾された拝殿《はいでん》があったので、さっそく財布を開く。そこで、遥はギョッとした。お金が今にもすっからかんになりそうである。帰りの分の交通費は、すでにICカードにチャージしてあるとはいえ……。まだ八月の序盤だというのに、お小遣いが尽きてしまうのは非常にまずい。

今日使った分くらいは、後でお母さんに請求できないだろうか。

そんな心配ばかりしていて、柏手《かしわで》を打つのも適当に済ませてしまい、遥は若干、後悔した。せっかく学問の神様の前だというのに。もう少し真剣に祈ればよかった。

ためらいがちに目を開けると、隣で葵が、真面目な顔で手を合わせ続けている。いったい、何を祈っているのだろう。やっぱり受験のことかな？

他の三人はどうしたのかと思って、遥は視線を巡らせた。翔が宙の肩に手を回し、何やら親しげに話している。真希は、その様子を眺めて苦笑している。

「おい、宙。絵馬を書くぞ、絵馬」

「うん。いいアイディアだね」

肩に手を回されても、宙は特に嫌がる様子もない。翔が指差す先では、ステンレス製の絵馬掛けに大量の絵馬が吊り下げられ、それだけで壁のような様相を呈している。

「合格祈願」や「学業成就」の文字が、少し離れた場所からでも見て取れた。

絵馬、か。

そういうのって書いたことないし、なんだか楽しそう。

「一つ一〇〇〇円になりま〜す」

「え……⁉」

巫女《みこ》装束のお姉さんに真顔で言われ、遥は思わず財布の中を二度ほど確認した。どう見ても、財布の残りは千円札が一枚と、わずかな小銭のみ。着々と一文無しへの道を歩んでいる。遥は本当に泣きそうになりながら、絵馬を一枚、購入した。

絵馬には、烏帽子《えぼし》をかぶった平安貴族が、牛に乗っている絵が描かれていた。その横には「開運」の文字。よく分からないが、この人が菅原道真だろうか。牛にまたがるその姿は奇妙だが、長い時間眺めていると、なんだか頭が良さそうに見えてくる。ぜひとも一〇〇〇円分のご利益をもたらしてほしいと、遥は切に願う。

遥たち五人は、売り場の横の台の前に並んで、それぞれの絵馬に願いを書いた。一〇〇〇円もかけたのだから、みんな真剣である。神様が読みやすいよう大きく、丁寧に文字を書く。

五枚の絵馬は数珠つなぎにした後、宙が代表して結びつけた。カランコロンと下駄みたいな音がする。結び終わると、五人はしげしげと、自分たちの願いを眺めた。

二学期は数学で5を取れますように

第一志望に受かりますように

彼氏と同じ高校に行けますように
野球の強い学校に受かりますように
数学で世界を救えますように

ひと通り、全員分の願いを読んでから、遥は葵を肘でつつく。

「葵、やっぱり浩介さんのところ目指すんだ」

「う、うん。頑張る」

葵は耳の先を桃色に染めた。真希が「応援してるよ」と爽やかに笑う。自然と、聡美から聞いた話が脳裏をよぎった。

二人は、別れるかもしれない。

迷った末、遥は何も訊かなかった。葵と浩介さんの問題に、首を突っ込むわけにはいかない。ただ、何があっても支えになってあげようと、心に決める。

遥は続いて、真希の絵馬をそっとなでた。

「あれ？　真希って第一志望どこなんだっけ？」

「ヒミツ」

「えー、教えてよ」

「ヒント。藤沢の学校」

「そんなの、いっぱいあるじゃん」

「ま、そのうち教えるよ」

なんだか、うまい具合にはぐらかされてしまった。真希は今、勉強のことで両親と闘っている最中だ。志望校くらい、自分の心の中に留めておきたいのかもしれない。

遥が好奇心を抑え込む横で、今度は翔が、宙の絵馬を指差した。

「なんだか、一つだけレベルが違うな」

「そんなことないよ。人の目標に、上も下もない」

「お前が言うと、それっぽいな」

「そうなの？　どうしてだろう？」

「難しい言葉が似合うってことだよ」

「ふむ。褒め言葉かな？」

宙は眉一つ動かしていないけれど、なんとなく、会話を心から楽しんでいるように見えた。男子同士で話しているときは、やっぱりリラックスしてるのかなぁ。

遥は、会ったこともない大智という男の子と、宙が話している様子を想像してみた。意見が合わずに、喧嘩ばかりしていた同級生。翔とはまた違ったタイプの、宙の男友だち。

「おい、スカイツリーがよく見えるぜ」

絵馬に別れを告げて、湯島天神の境内から足を踏み出したとき。斜め上の空を指して、翔は言った。そこここに建つビルなどまるで問題にしない高さを見せつけて、スカイツリーがそびえたっている。

六三四メートル。素因数分解すると「2×317」。日本中のどの建物よりも高いタワーは、晴れた青空を背景に、どこか誇らしげに見えた。

「宙、ここからあそこまでの距離、測れるか？」

「うん。仰角《ぎようかく》さえ測る手段があれば、できそうだ」

「あれか、三角比ってやつだな」

「そういうこと」

宙と翔が、楽しそうに前を歩く。太陽はもうずいぶん低くなって、ビルの向こう側に隠れていた。少しずつグレーを帯びはじめた雲を見つめて、遥はポツリとつぶやいた。

「なんだかさ、修学旅行みたいだよね」

翔と宙が振り返り、並んで歩いていた真希と葵も、遥の顔を覗き込む。

「京都の旅行は、あんまり覚えてないんだよね。やっぱり、数学屋の誰とも同じ班になれなかったからかな」

遥は、しんみりと言った。たった二か月前のことなのに、京都へ行った修学旅行は、百年前の写真みたいに、ところどころが色褪せ、破けて、輪郭すらもおぼろげだった。

葵と翔は、そもそも違うクラス。真希は同じクラスだけど、女子からの人気がありすぎて、違う班にならざるを得なかった。そしてもちろん、宙は修学旅行に来ていない。

遥は修学旅行で、このメンバーの誰とも一緒に過ごせなかった。仕方がないことだと、頭では分かっているんだけど、やっぱり寂しい。

「別にいいだろ」

感傷的になっている遥に向かって、翔がニヤリと笑いかけた。

「これが俺たちの修学旅行ってことで」

「そうだね」

真希もすぐさま、翔に賛同する。葵はニコニコ笑って黙っているが、特に異論もなさそうだ。数学少年は、無表情で眼鏡を押し上げる。

そっか。みんな、同じ気持ちだったんだ。

だったら楽しもう。数学屋さんの、最初で最後の修学旅行を。

広い道路を、車がひっきりなしに行き来している。三〇分くらいで、大磯の一日分の交通量を超えそうな気がした。近くにある東大で、ちょうど授業でも終わったのか、歩道は大学生らしい私服の若者でごちゃごちゃと混み合ってくる。その流れを避けるように、遥たちは横断歩道を渡り、反対側の歩道に移動した。

「あれ？　なんか違和感があると思ったら……」真希が、形の良い二つの眉をちょこっと上げた。「宙君が白い服着てる」

「言われてみりゃあ、そうだな。イメチェンってやつか？」

「ホントだ。白も似合ってるよ」

翔と葵も口々に言う。たしかに。あたしも言おうと思ってたけど、けっこう似合ってる。

「そうかな？」

宙は、アゴを引いて、自分の服を見下ろしている。これを機におしゃれに目覚めたりしたら面白いのにと、遥はどうでもいいことを考える。

やがて、真希と翔と葵の三人は、道々にあるお店を指差しながら、遥と宙の前を歩きだした。「特大」が売りのラーメン屋とか、ショーウィンドーがやたらとおしゃれに彩られた和菓子屋とか。見知らぬ町というのは、歩いているだけで話題には事欠かない。

それらに夢中になっている三人の後ろで、宙はポツンと、こぼすように言った。

「他のみんなにも、話しておかないと」

「話すって、何を？」

「大智君のこと」

「ああ、たしかにね」

大智のこと。つまり、宙の過去。

今日だけで、遥はいろいろなことを知った。これでようやく、自分は宙と正面から向き合うことができた。一年と三か月。長い時間がかかった。もどかしいほどの遠回りだった。それでも、宙は心を開いてくれた。二人の道は、ようやく一つにつながった。

「宙君」

立ち止まって、声をかけた。先に行きかけた宙が、不思議そうに立ち止まる。

「好きだよ」

夏の午後、騒がしい東京で。その一角だけが妙に心地よい静寂に包まれていた。そして宙が浮かべたのは、その静寂を崩さない穏やかな笑み。白い歯が、天使の羽みたいにきれいだった。

「ありがとう。僕も好きだよ」

解の四

一日だけでも

無数の人が行き来する。ずいぶん慣れた足取りで、迷いなく進む人もいる。これからの旅路を楽しみにし、笑顔を浮かべる人もいる。多くの人はすでに手荷物を預け終えたようで、身軽なものである。

明日菜はソファに腰を下ろして、その絶え間ない流れを見つめていた。成田空港。行く人と来る人の集う場所。だけど、明日菜はどちらでもない。どこへも行かない。どこへも行けない。

彼女は喧騒の真ん中で、一人、通夜の日のことを思い出していた。

あの日——通夜の会場で何を見たのか、何を聞いたのか、誰と会ったのか。明日菜はよく覚えていない。酒に酔ったドライバーが信号無視をして、運悪く大智がはねられたってこと。自分は大智の笑顔を、もう二度と見られないんだってこと。かろうじて分かったのは、その二つくらいだった。

いや、正しくは三つか。通夜の会場に宙が見当たらないことにも、明日菜は気が付いていた。

これも誰だったのかまるで覚えていないけど、とにかく、中学校の方で宙を見た、という人がいた。特別、宙に会いたかったわけじゃない。じっとしていたら、口を開けて後ろから迫ってくる現実に食い殺されてしまう気がしたから。明日菜は深く考えずに、ただ中学校を目指した。

夜に沈んだ中学校は、昼とは別の建物みたいに見える。門はもう閉まっていたので、裏口近くのフェンスの隙間から、明日菜は敷地内に足を踏み入れる。

グラウンドの隅に、か細い人影が見えた。

――宙、ここにいたんだ。

暗く沈んだグラウンドに向かって、明日菜は声をかけた。さっきまで天に輝いていた満月は、気まぐれな雲の向こうに隠れてしまっている。雲間からわずかに顔を出した星々は、点いたり消えたりを繰り返して心許ない。

暗闇の中、宙はこちらに背を向け、うずくまっていた。一瞬だけ振り向き、また地面に向き直ってしまう。

ガリガリガリ
手に持っているのは、木の棒か。地面に何かを書きつけているようだが、なにしろ、今は照明もすべて消されている。万物の輪郭が闇に溶け入るように曖昧だったので、明日菜はグラウンドの縁まで近付いた。宙が書きかけている数式に、じっと目を凝らす。

$A_1+A_2+A_3+A_4+A_5+A_6+A_7+A_8+A_9+A_{10}+A_{11}+A_{12}+A_{13}+A_{14}+A_{15}+A_{16}+A_{17}$
$+A_{18}+A_{19}+A_{20}+A_{21}+A_{22}+A_{23}+A_{24}+A_{25}+A_{26}+A_{27}+A_{28}+A_{29}+A_{30}+A_{31}+A_{32}$
$+A_{33}+A_{34}+A_{35}+$

――何これ？

数珠のように連なった数式を見て、明日菜は首を傾げる。

――いつもだったら、「$A_1+A_2+A_3+$……」とか書いて省略してるじゃん。なんで今日は、こんなに書いてるの？

――ふむ。なぜだろう。

手を止めて、宙は少しだけ考え込む。暗がりでも分かるくらい、その横顔には疲れが見えた。

――きっと、解き終わりたくない問題なんだと思う。

他人事みたいに、宙は言った。ちょうどそのとき、風に吹かれた雲がなびき、上空で月が顔を出す。ほんの少し明かりが増えただけなのに。目が闇に慣れきっていたせいで、地表を覆った暗幕が、端からはがされていくように感じられた。

広いグラウンドを一望し、明日菜は驚いた。

土を削って書かれた数式が、視界一面に広がっている。グラウンドの半分ほどを、おびただしい量の数字と、記号と、アルファベットが、縦横無尽に駆けめぐっている。

まるで、ナスカの地上絵みたいに。

あるいは、黒魔術か何かの儀式場みたいに。

そしてその端っこで、宙は手を休めずに数式を増やし続けている。地面から目を離さずに、彼は言った。

——もう夜も遅い。君は家に帰った方がいい。

——いいよ、ここにいる。ここで見てる。

明日菜はグラウンドとコンクリートの境目あたりに腰を下ろした。制服のスカートを通じて伝わってくる冷たさが、今は愛おしい。この体から消えることのない熱を——三六度と少しの体温を——もっともっと冷やしてやりたかった。

明日菜が腰を据えると、宙はまた、数式を書く作業に没頭しだした。いつ終わるとも知れない数珠つなぎの記号が、グラウンドの手つかずの部分を少しずつ減らしていく。

そうしてしばしの間、ガリガリガリ、という地面を削る音が続き……月が再び雲に隠れたところで、ふと、宙が手を止めた。

——どうも、よくずれると思ったら。

手にした木の棒で、眼鏡をクイッと押し上げる。

——この眼鏡は、僕のじゃないんだった。


大智のショルダーバッグからは、『冒険者たち　ガンバと15ひきの仲間』のほか、無残につぶれたケースと、宙の眼鏡が発見された。取り替えて遊んでいて、そのまま返し忘れていたのだろうか。いろいろ考えてはみたけれど、結局、宙には何も尋ねなかった。どんな事情があろうとも、大智の眼鏡は宙のもとに遺された。たとえサイズが合わなくても、あの日からずっと、宙は大智の眼鏡を使い続けている。多分、古くなって使えなくなった後も、決して捨てることはないだろう。

宙はあの日、大智の眼鏡をかけて、グラウンドを数式で埋め尽くした。

宙が解こうとしていた問題は、「命の定理」に関するものだったと、後で聞いた。大智の遺した意志が、宙や明日菜に受け継がれて、無限の時間の中でどんどん膨れ上がっていくことを、あの数式で表したかった……らしい。

バカみたい。無限に続くんだったら、「A_{10000}」とか「A_{100000}」とか、とんでもなく大きい数のそのまた先まで書き続けても終わらないって、分かってたはずなのに。結局、朝まで書き続けて、先生に見つかって叱られて。

宙は、本当にバカだ。

そして。

宙と同じくらい自分もバカだと、明日菜は知っている。

空港の騒がしい空気に消え入る程度の大きさで、明日菜はため息を吐いた。

あたしは結局、『赤毛のアン』を読まなかった。せっかく大智が薦めてくれたのに。今から読んだって、感想を伝えることもできないよ。どうしてあたしは、あのとき読まなかったんだろう。ホントに、バカだよね。

後悔に胸を締め付けられ、ただただ苦しい。

……ねえ、大智。

もしもさ……。もしも今、天国にいるんなら、一日だけでいいから、会いに来てほしいな。

そしたらあたし、もう恥ずかしがったり、意地張ったりしないから。

思いっ切り抱きついて、大好きって言いたいな。

それから、また学校の帰り道を並んで歩いて、手をつないで、ちょっと遠回りして帰ろうよ。

図書館にも寄って、大智の好きな本を借りよう。おススメの本も教えてよ。

あたしは、本を選ぶ大智の横顔、見てるから。

いつもと一緒じゃねーかって、大智は笑うかな。

うん、それでいいの。

あたしはただ、その「いつも」を、もう一度やり直したいだけなんだから。

……ねえ、大智。

一日だけでも、ダメかな？

じゃないとあたし、立ち直れそうにないよ。もしかしたら一生無理かも。

だってさ、仕方ないじゃん。

あたしはあなたに、さよならも言ってないんだから。

あなたは一三歳のままなのに、あたしは一五歳になっちゃったよ。

あなたと過ごした時間より、あなたと別れた後の時間の方が長くなっちゃった。

こうやって、どんどん離れていっちゃうのかな。

年下って、あんまり好みじゃなかったんだけどな。

「……いいのかな」

いつしか明日菜は、かすれた声で力なくつぶやいていた。

「あたしはずっと、あなたの彼女のままでいて、いいのかな……」

「それでも、いいと思うよ」

不意に、頭の上から声が降ってきて、明日菜は顔を上げた。あの人の眼鏡をかけた男が、こちらを見下ろして立っている。

まったく、いつからいたんだか。独り言を立ち聞きなんて、趣味悪い。

心の中で文句を言いつつも、明日菜はいつものの、へらへらとした笑いを浮かべた。

それなのに。

「ああ、ごめん。気を悪くさせちゃったかな」

明日菜の心を見透かしたように、宙は謝ってきた。明日菜が意外に思っていると、彼は、眼鏡のズレを片手で直す。

「でもね、これだけは言わせてほしい。僕は一生、彼の親友を名乗り続ける。だから君が、大智君の彼女を名乗り続けたっていいはずだ。誰にも文句は言わせない」

「……ありがとう」

お礼を言ってから、明日菜は立ち上がった。見送りに来たはずなのに、こっちが励まされてしまった。なんともきまりが悪い。

「でも、そしたらあたし、一生結婚できないね」

「分からないよ。彼を愛しながら、別の男性を愛する方法だって、見つかるかもしれない」

冗談めかす明日菜に対し、あくまでも宙は、真面目くさった顔をしていた。恥ずかしいことを、恥ずかしげもなく言ってのける。一種の才能だと、明日菜は思った。同時に、暗い闇に閉ざされていた心に、ほんの少しだけ光が射す。雨が上がる直前のような感覚だった。

「未来は分からないんだ。何一つね。今から心配したって仕方がない」

「それってずるくない？　二股だよ」

「ふむ。そうなるのかな？」

宙はちょっと眉間にしわを寄せ、アゴに手をやった。本気で考え込んでいるみたい。これほど常識がないと、遥も苦労しているのだろうと、明日菜は同情した。

「さて、時間だ」

腕時計に目をやってから、宙は言った。もう出発か。宙の背後に目を向けると、セキュリティチェックの前で、彼の両親が待っているのが見えた。

アメリカへ。

慣れ親しんだ母国を離れる苦しさは、明日菜には想像もつかない。それと同様、明日菜の悲しみも明日菜にしか分からない。

自分で立ち向かい、受け入れる以外に道はない。

でも、そうして一人で闘って、押しつぶされそうになったとき、支え合える相手がいるなら。その人は、きっと幸せなのだろう。

「また戻ってくるよ。日本に」

「うん。またね」

明日菜が答えると、宙はくるりと踵を返した。彼自身の戦場に向けて、足を踏み出す。

そして。

セキュリティチェックに入る前に、宙は一度だけ振り返った。明日菜は、彼氏の親友であり――自分自身の親友でもある男の子に向かって、大きく手を振った。

目からこぼれた涙がひと筋、頰を伝う。

ずっと流したかった涙は、少し温かかった。

ねえ、大智。

あたしと出会ってくれて、ありがとう。

宙と出会わせてくれて、ありがとう。
ずっとずっと、大好きだよ。

問五．数学で世界を救いなさい

宙君へ

やっほー、宙君！
元気にしてる？
メールばっかりだとなんか味気ないから、手紙を書いてみたよ。
ちょっと長くなるかもだけど、最後まで読んでね☆

こっちは毎日暑くて、干からびそう……。
ボストンって暑いの？？？
コンクリートが多そうだから暑いかもね（偏見）
あたしたちは、相変わらずだよ〜。
真希と葵と翔とは、みんな違う高校だけど、今でもたまに集まって数学してる。
今日も喫茶店で勉強したよ！

途中からは遊んでたけど……。
高校の数学って、難しいんだね。
ちゃんと予習復習しないと、置いてかれちゃうよ。
でもでも、一学期は「8」でした！　あ、10段階評価ね。
けっこう頑張ったと思うから、ほめてくれてもいいよ☆
まあ、勉強難しいって言っても、真希とかに比べるとマシだよね〜。
ほら、あの子のとこって進学校だから。
宿題とかも多くて、大変みたい。
真希本人は「自分で志望したところだから、弱音は吐かない」とか言ってるの。
またパンクしちゃわないか、ちょっと心配……。

そうそう、葵と浩介さんが別れたって話したよね？
この前聞いたら、「より戻すかも」だってさ！
浩介さんが謝ってきたらしいの。
どうなるんだろ？
続報を待っててね！

翔はこの前、お兄さんがいる学校と練習試合で当たったんだって。
負けちゃったみたいだけど、翔はお兄さんからヒット打ったって。
「今度はホームラン打ってやる」だってさ。
兄弟対決なんて、胸が熱くなるよね。
えぇと、秀一と聡美とは、最近会ってないなぁ。
卒業式で秀一が告白したらしいけど。そのあと、どうなったか分かんない。
真希にでも訊いてみようかな……。
あの子、秀一と同じ高校だから。
でも、うまくいってなかったら寂しいから、やっぱり訊かないでおこうかな（笑）

こっちの状況は、そんな感じ～。
宙君の近況も聞かせてね！
前に話してくれた、超大食いのお友だちのこととか（笑）
最近の学校の話も、また聞きたいな。
あっ、あんまり難しい話はＮＧで。

そうそう、リーマン予想のニュース、聞いた？
イギリス人の……何て名前か忘れちゃったけど、有名な学者さんの話。
論文に間違いがあったんだってね。
なんだかホッとしちゃった（笑）
だって、あれを解くのは宙君しかいないもんね！
こんなこと言ったら、また「そうとは限らない」とか言われちゃうかもしれないけど。

なんだか、まとまらない話ばっかりでごめんね〜。
たまにはこういうのも許して☆
前に会ってから、一年くらい経っちゃったから、また会いたいね。
次の帰国は、もう少し先なのかな？
またスカイプとかでお話しようね！
お返事、待ってます！

愛しの遥より

宙は、その手紙を続けて二回読み直した。そして、古文書でも扱うみたいに丁寧にたたむと、ゆっくりと封筒に戻す。机の隅の置き時計に目をやると、針は〇時を指そうとしていた。世界中が眠っているのではないか、と思われるほど静かだが……。日本は今頃、午後の最も暑い時間帯だろう。

遥から手紙をもらうのは、中学二年の秋以来だろうか。メールよりずっと長い文面だからか、なんだか活き活きとして見えた。

イギリスの数学者のニュースは、もちろん宙もテレビで見た。一度は「リーマン予想の証明に成功した」と報じられたが、論文を審査する段階で間違いが見つかったわけだ。宙も論文を読んではみたが、まだまだ理解するには及ばなかった。

遥さんはあのニュースを見て、ホッとしたという。

僕はどうだろう?

たしかに、きれい事を言うならば……。自分以外の誰かが証明に成功したとしても、それは祝福すべきことなのだけど。心の隅々まで見渡したとき、別の感情が生きていることも確かだった。

まだ、待っていてくれ。

僕が行くまで。それ相応の武器を身につけ、君に挑むその日まで。他の誰かに討たれることなく、威風堂々と、数学の最奥に鎮座していてくれ。

そんな気持ちに気が付いて、宙は驚いたものだ。自分にも、人並みの野心が存在したというわけか。

自室の椅子に一人腰かけ、宙は笑った。机の隅の写真立てのガラスが、蛍光灯を反射する。一年前の、数学屋の臨時営業の日——駆けつけてくれたみんなで撮った写真だった。二〇人くらいの中学生の真ん中で、宙がもみくちゃにされている。肩がぶつかるくらいの位置では、遥が笑う。宙の一番好きな写真だ。あれから、もう一年も経った。

さて。

手紙をもらったからには、返事を書かねばならない。机の引き出しから便箋を数枚、まとめて取り出す。

手紙を出すのは久しぶりだ。「近況」と言われても、すぐには書くべきことが思いつかない。

遥が書いている「超大食いのお友だち」とは、こちらで仲良くなったアメリカ人のことだ。宙の二倍以上の体重があって、宙の五倍くらいの量を食べる。たしかに、見ていて興味深いんだけど、特に話すべき新しい出来事もない。人間は多かれ少なかれ食事をするものだし、その様子が劇的に変わったりはしないのだ。その友人はいつも通りたくさん食べるし、宙もいつも通り、彼の五分の一ほどの量を食べる。手紙に書くほどの事柄ではない。

宙の身の回りだって、前に遥とスカイプをしたときから、大きな変化はない。高校で勉強したり、時々、父さんの大学の講義を聴きに行ったり。

そして、父さんと母さんの仲も、相変わらず悪いままだ。もちろん、そんなことを手紙に書いて、わざわざ遥を暗い気持ちにさせる理由もない。

宙は、手の中の鉛筆をクルンと回した。

世界の問題に立ち向かう前に、僕はまず家族の問題を解決しないといけない。

進まない鉛筆を、宙はひとまず机に置いた。椅子の背もたれに体を預けた拍子に、脇に置いてあるノートパソコンに目が留まる。

「……しまった」小さくつぶやいて、宙は体を起こした。「また、メールのチェックを忘れていた」

これで何度目になるか、もう覚えていない。勉強に集中しすぎると、ついついパソコンを開くことを怠ってしまう。

人に言っても理解されないことが多いけれど、数学の勉強というのは、三〇分とか一時間とか、そういう単位で区切れるものではない。一つの問題を解くために、数日から数週間も悩み続けることだってある。その期間は、授業中も、食事中も、寝ているときさえも問題と向き合っている。体はそこにある。それでいて、心は長期間の旅行に出てしまうわけだ。「勉強が一段落したらメールを見よう」などと思っていると、メールフォルダの中でカビでも繁殖してしまうだろう。

なるべく、気をつけようとはしているんだけど……。

「また、五日くらい放置していた」

宙はノートパソコンを立ち上げ、メールを開いた。案の定、未読メールがたまっている。

「“James Griner”……“Donald Richardson”……“Shingo Torayama”……」

アメリカの友人からのメールは、どれも他愛ない世間話。学校で会った際に、口頭で謝っておけばいいだろう。それと、英語の勉強を兼ねて近況を英語で送ってくる日本の友人。これも緊急の用ではないので、ひと安心。

しかし。その中に、明らかに異質なメールが一通交ざっていた。英語のメールがズラリと並ぶ中で、唯一の日本語。明日菜からのメールだった。クリックすると、一行だけの本文が姿を現す。

そこは、「いつでも君に会えるように」って言わなきゃダメでしょ。

静けさの中で、宙は一人つぶやいた。明日菜に相談すると、いつもためになる返事をもらえる。

「ふむ、そうなのか」

先日、宙は遥に「将来は日本へ戻って研究するつもりだ」と話した。スカイプだったけど、遥の喜びは声でしっかりと伝わってきた。それなのに、「外国語効果」の話を付け加えたら、急に機嫌を悪くされてしまったのだ。

「外国語効果」というのは心理学用語で、外国語を話しているときは、母国語を使うときよりも思考力が低下する、ということ。つまり、アメリカよりも日本の方が、宙が思考力をフル活用するには適している——。

それは、間違いのない事実だった。とはいえ、遥が聞きたかったのはそんな言葉ではなかったわけだ。

「うぅん、失敗したなぁ」

今回のことだけではない。他にも、たくさん失敗している。

メールの返信を忘れてしまうこともある。デリカシーのない発言をしてしまうこともある。思えば、二年前に受け取った「y=[x]」の「答え合わせ」も、一度だけちょっと匂わせたことはあるものの、はっきりとはやっていない。

自分の行動が、一般的なボーイフレンドとしての行動とかけ離れていることを、宙は分かっている。手紙の文面はとても明るいが多分、少なからぬ不満が、遥の心に蓄積しているだろう。

うぅん、と唸って、椅子の背にもたれる。その拍子に、机の上の本立てにある一冊の文庫が目についた。数学書の中で異彩を放つ、唯一の小説。「みにくいアヒルの子」みたいに目立っているが、そのタイトルはアヒルでも白鳥でもなく『雁』。

森鷗外の作品。かつて、大智が宙に薦めた本だ。去年、日本を発つ前に買ってきたので、今は手元にある。

想い人に何も告げず、海外への留学に旅立ってしまう男の話だ。

大智君は、分かっていたのだろうか。僕が、この本に出てくる男と同じような過ちを犯すだろう、と。学問に熱中するあまり、大切な人のことが見えなくなってしまうだろう、と。

だとしたら、僕はあの頃からまるで成長していないってことか。

宙は目をつむり、頭を振った。それでも、後から後から湧いてくる嫌な考えを、振り払うことができない。

もしかしたら、僕は父さんと同じなのかもしれない。

心の中で、宙は苦々しくそうつぶやく。

数学の勉強に夢中になるあまり、本当に大切なものにまるで目を向けていない。父さんみたいに、大切な人を怒鳴りつけたりはしないまでも……。もしも、今ある心のすれ違いが、時とともに大きくなってしまったら……。

「このヘタレ。迷ってんじゃねーよ」

不意に、背中の方から声が聞こえて、宙はビクッと振り返った。無論、自室には誰もいない。いや、自室どころか、家全体がひっそりとしている。父さんも母さんも、きっともう眠っているだろう。

気のせいか。

宙は無意識のうちに眼鏡へ手をやった。大事に使ってはいるが、そろそろ古くなってきた、大智の眼鏡。軽く押し上げてズレを直すたびに、宙は、自分が一人じゃないことを思い出せる。

大智君。

会いに来るなら、明日菜さんのところに行ってあげなよ。それから、ご両親にも会ってあげて。僕はその後でいい。三番目でいいからさ。

うん、僕は大丈夫だよ。

だって僕は、君が遺してくれたものを、たくさん、たくさん持っているから。

胸の中でゆらゆらと揺れ、消え入りそうだった火が、もう一度勢いを増す。

僕が、『雁』に出てくる男と違うとしたら。遥さんに、きちんと想いを伝えたってこと。彼女を愛し続ける覚悟を、決めているってことだ。

宙は手を伸ばし、窓を細く開けてみた。夜空の月は金色の明かりを、このボストンの地に振りまいている。

あの月は今、日本からは見えない。だけど、遥が昨日見たであろう月と、間違いなく同じ月だ。そして、その月が浮かんでいるのは、遠く日本までつながっている空。

しばしの間、宙はぼんやりと天を仰ぎ続けた。

迷ってんじゃねーよ、か。

たしかに、そんなことをしている暇は、僕たちにはない。地球は今も、時速にして約一七〇〇キロで自転し続けている。今日は時速一七〇〇キロで過ぎ去っていき、明日は時速一七〇〇キロでやってくる。乗り越えるべき障害も、同じ勢いで突っ込んでくる。

行く手には、困難が両手を広げて待ち受けている。まだ視界に入っていない苦労も、無数に隠れていることだろう。乗り越えられっこないと言う人もいるだろう。無理に決まっていると笑う人もいるだろう。

だけど、先のことは誰にも分からない。できるとも、できないとも分からないのだ。未来は、自ら体験し、現在に変える以外に知る手立てがない。

「証明するんだ」

雲間に輝く月を見つめて、宙はつぶやいた。ただの独り言だったけど、声は空気に溶け入り、波紋としてどこまでも広がっていく。

「僕が、これから」

自分の心に、世界に、すべての数学に向けて。

宙は、静かに言い放つ。

そうしてから、恋人宛の謝罪メールを打ちはじめた。

【主な参考文献】

Francesco Algarotti (2011). *Sir Isaac Newton's Philosophy Explain'd for the Use of the Ladies: In Six Dialogues on Light and Colours: Volume*Ⅱ. Milton Keynes(UK): Nabu Press.

足立恒雄『フェルマーの大定理』（筑摩書房、二〇〇六年九月）

サイモン・シン（著）／青木薫（訳）『フェルマーの最終定理』（新潮社、二〇〇六年六月）

竹内薫『不完全性定理とはなにか』（講談社、二〇一三年四月）

藤田博司『魅了する無限』（技術評論社、二〇〇九年三月）

※２４６～２４７ページの*Sir Isaac Newton's Philosophy Explain'd for the Use of the Ladies*の引用文は、原文１７０～１７１ページを参照した上で、『フェルマーの最終定理』１７６～１７７ページの訳文の一部を、本書に適した表現に直して使用しました。

【初出】

この作品は二〇一五年一〇月にポプラ社より刊行されました。文庫化にあたり加筆・修正しました。

お任せ！　数学屋さん3

向井湘吾

2017年11月5日　第1刷発行

発行者　長谷川 均
発行所　株式会社ポプラ社
〒一六〇-八五六五　東京都新宿区大京町二二-一
電　話　〇三-三三五七-二二一二（営業）
　　　　〇三-三三五七-二三〇五（編集）
振　替　〇〇一四〇-三-一四九二七一
ホームページ　www.poplar.co.jp
フォーマットデザイン　緒方修一
組版・校閲　株式会社鷗来堂
印刷・製本　共同印刷株式会社

N.D.C.913/359p/15cm
ISBN978-4-591-15658-2
落丁・乱丁本は送料小社負担でお取り替えいたします。
小社製作部宛にご連絡ください。
製作部電話番号　〇一二〇-六六六-五五三
受付時間は、月～金曜日、9時～17時です（祝祭日は除く）。